U0018077

敷米漿 著

別讓我一個人撐傘

二版序

All about the Umbrella

　　2004年的春天，我說完了這個故事。原名《單人傘》。我寫下最後一個字的時候，台灣恰好是梅雨季節，這樣的雨讓人很不舒服，感覺全身都快發霉了，好像站起身子就會掉落一身的水。南方多雨的天氣，久了真的會讓人生厭。

　　一直在這樣潮濕的環境中，於是我習慣了這樣的氣候，也習慣了去討厭這樣的天氣。我的眼睛裡頭，只看得見雨帶來的不方便。

　　在2004年的春天。

　　就因為我終究沒有辦法往未來看去。我不知道在2005年的我，會到北京一趟。南方之於北方，就好像回歸線切過了地球一邊，過去的我只能站在線的一頭憑空揣想。我到了北京，才開始想念多雨的季節。

在北京的時候，我聽到好多次，我有南方的味道，有南方的一對眼睛。我不是很清楚何謂南方的眼睛，但是我知道北京的天空乾燥，不如南方的潮濕。

於是我南方的眼裡，總是充滿淚水。

那麼，北方的淚水都往哪裡逃了去呢？有沒有人可以通知我，讓我去那裡找找，我想知道北方的淚水是什麼顏色。

我不停地等待著在北京的第一場雨，在南方，我總可以輕鬆地大聲吼喊著我厭惡這裡潮濕不方便的氣候。怎料到了北京，淋一場雨竟然成了我思念家鄉最好的方法。

可惜少雨，可惜少雨。

初到北京的時候，恰好是八月底九月初。剛過了如桑拿天般的北京氣候，屠宰般的炎熱尚未完全地掃乾淨它的足跡。偶爾晚上我還是會因爲過分的熱而難受。但這剛好讓我易於入眠。因爲這巧合地與南方的氣候一樣。

我可以很輕易地在這個地方入睡。跟其他人不同的，是我竟然不肯輕易醒過來。即使我很清楚我上輩子或許不是生長在這個地方，畢竟我有一雙南方的眼睛。我卻在宿命裡頭，期待著可以在這個地方等待我找到自己的那個時候。

等待著，我可以輕易說出離開的字眼。

我會閉上我南方的眼睛，但是在那之前，我眼睛裡都是北方的晨曦。這種命中注定的憂傷，竟然讓我在心裡隱約有中被征服的快感。我想我是病了。在北方病了。而這場病，可能永

遠無法痊癒。

是我不想痊癒。

我多麼地想痛快淋一場雨，這場雨可能會讓我從憂傷中獲得一點釋放。可惜，我不願意有任何人替我撐傘。擋住了我的雨，擋住了我的快樂。

所有的人都可以同我一塊淋雨。但是千萬不要為我撐傘。讓我一個人，一個人淋著雨。直到我說出──「別讓我一個人撐傘」。

回到南方之後，我有大把機會可以淋雨。會在冬天到來之前，讓這場雨感動所有的人。

包括，所有想幫我撐傘的人。

第
1
章

我總是覺得，
一個人撐傘的感覺，有點不舒服。
雖然不會你淋溼左半邊，
我弄溼右半邊，
但是只要遇到情侶撐傘，
我就會很難過。

忘記多小的時候，我喜歡下雨天。

因為我可以穿雨鞋。

穿雨鞋有什麼好讓人開心的？

我也不知道。

不過我依稀記得，我小時候最喜歡看的電視節目是「太空戰士」，裡面的戰士都是穿著好像雨鞋一樣的鞋子，所以我覺得如果我要當太空戰士，最需要的就是一雙像樣的鞋子。

像「太空戰士」一樣的鞋子。

所以我國小的時候，非常喜歡下雨天。大概就是因為可以穿雨鞋去學校吧。不過後來我沉迷到連大太陽天都想穿雨鞋去學校，最後，學校的老師逼我把雨鞋脫下來，我還使用太空戰士大絕招去對付老師。

然後，老師差點要叫媽媽把我轉到特殊教育班去。

那時候的我只擔心一件事。

「特殊教育班，可不可以穿雨鞋上課？」

後來我的雨鞋就被媽媽沒收，我也漸漸地忘了我曾經那麼喜歡下雨天了。Hobo 也常常拿這件事笑我。一直到慢慢長大以後，我開始討厭下雨天。當然，不是因為我不能穿雨鞋出門。

討厭下雨天，其實跟討厭情人節差不多。

情人節不想上街的原因，是因為街上的情人總是讓我這個

孤單的人顯得更孤單。而討厭下雨天的原因，也是因為偶爾看到一對情人只撐一支雨傘，我就會整個人生氣到差點沒有「滾」起來。

哇靠！有沒有那麼窮啊！非得要兩個人撐一支傘？

沒有錢買傘，我可以借你嘛！

這也是我後來很不喜歡撐傘上街，反而喜歡穿雨衣的原因。我總是覺得，一個人撐傘的感覺，有點不舒服。雖然不會你淋溼左半邊，我弄溼右半邊，但是只要遇到情侶撐傘，我就會很難過。我真是個性情中人。

可是國小畢業以後，下雨穿雨衣出門而不撐傘，真的覺得有點怪怪的。可是，我覺得一個人撐傘，反而有點怪怪的。

可惜，我身邊總是少了那麼一個女孩子。

其實說實在的，我也戀愛過。

我國小的時候，偷偷暗戀隔壁班的女孩子，高高瘦瘦的，兩顆水汪汪的眼睛好像總是往我這邊眨，白白的皮膚，臉上還有自然浮現的紅潮，長長的頭髮，總是紮著整齊的馬尾，制服上衣也總是燙得平平整整的。

這是我的初戀，在我國小五年級。

我一直覺得她很喜歡偷看我，總是有意無意地經過我們班，然後對我放電。那時候正是郭富城最紅的時候，我剪了一個跟郭富城差不多的髮型，然後從教室裡面對著她微笑，只差沒有對她大喊「妳是我的巧克力」。

　　這也是我第一次失戀，在我國小五年級某天。

　　那天，天氣陰陰的，早知道這是個不好的預兆，我也不會那樣衝動的跑去和她告白。不過，這世界就是充滿了太多的早知道。

「妳……我……可以跟妳做個朋友嗎，其實我……」

「請問你速隨？」

　　很好。

　　在我還沒有把心中想好的台詞說完之前，她就開口了。這一開口，當場把我心中對她的幻想一巴掌打裂，而她鄉土味十足的口音也讓我為之震撼。

　　我一輩子不會忘記她，雖然現在我連她姓啥名誰都忘光光，但是那畢竟是我的初戀，也是我第一次失戀。

　　不知道是不是因為這次告白失敗的關係，從國小五年級開始，我似乎就像被下了魔咒，每次我只要欣賞或者喜歡上哪一個女孩，不是說已經有男朋友了，就是會給我一些老掉牙的台詞應付我。

「我覺得，我們還是做朋友比較好。」

　　這句話說明白點就是你這豬頭根本配不上我。

「我想，我現在還不應該談戀愛，課業才是我最重要的目標。」

　　說完隔一個禮拜那女孩就跟男朋友手牽手在學校裡散步。

「我已經有喜歡的人了。」

　　之後Hobo告訴我，他看到那女孩子竟然跟另一個女孩子在操場打啵。

　　天哪，難道這輩子我就註定這樣子度過嗎？

　　不過，國中、高中的老師把我洗腦，告訴我只要考上大學，談戀愛的時間會比看新聞的時間長，跟女孩子牽手會跟洗手一樣平凡，跟女孩子打啵會跟吃飯一樣簡單。

　　當我很認眞地問過讀大學的表哥，他很沉重的拍拍我的肩膀，告訴我「你以後就會知道了」，接著嘆了一口氣。

　　哇！你看看。表哥長得那樣遵守中華民國憲法規定，都會因爲談戀愛談到搖頭嘆氣，可見戀愛是多麼沉重的一回事。沒關係，我願意接受愛情的考驗，感情的折磨。即使因爲愛情的束縛使我的腳步沉重也不要緊。

　　當我拿著成績單，眼中心裡盡是高科技新貴的畫面，嗯，就是穿著筆挺的西裝，開著名貴的敞篷跑車，車上放著高檔的古典音樂，然後脫下我的墨鏡，停在路邊對著攔不到計程車的美女說：「上車吧，寶貝，我順路。」然後呼隆一聲，捲起一陣灰塵，路旁騎摩托車的小男生目瞪口呆，身邊的美女對我抱以嬌嫩的甜笑。

　　「哈哈哈哈，寶貝，我寶你老木啦，哈哈哈。」

　　我很認眞的告訴我室友阿振，他竟然這樣子回答我。

　　好吧，我承認我上當了。我讀的是一所國立前五志願的好大學，前途一片風光明媚，只是這學校男女比例是九比一，很

明顯的，幾乎是一所和尚大學。

這時候回想起我拿到成績單時偷笑的畫面，或者在我幻想中吃我的敞篷跑車灰塵的摩托車騎士，只要身後載著女孩子都比現在的我好多了。真是窩囊到了極點。

還好，所謂上有政策，下有對策，我認識了現在這個室友，阿振。

阿振叫做丁家振，身高一米八七，不含鞋子。頭髮像竹野內豐，眼神像古天樂，身材像張耀揚，幽默像吳宗憲。

雖然在寢室裡面，他的內褲總是隨處可見（圖案多半都是一條龍，或者裸女圖的那種），他的襪子也是十天半個月都不會洗，穿一個禮拜，翻過面再穿一個禮拜；垃圾桶的垃圾不到最後關頭，絕不輕言打包，電腦一打開也是小澤圓的桌面。

奇怪的是，這樣的傢伙，在寢室裡跟在外面卻完完全全地不一樣。

除了談笑風生，阿振憂鬱的眼神，渾厚有磁性的嗓音，簡直是女孩們心目中等同偶像劇演員的魅力。這是我另外一個室友Hobo說的。

Hobo叫做蕭育欣。至於為什麼他要叫做Hobo，我想大家把手邊的電子辭典拿出來查一下就知道了。

Hobo，流動工人，流浪漢。

因為他的百年不變襯衫，所以阿振叫他Hobo。用英文，也感覺比較有文藝氣息。

　　有時候我和Hobo跟阿振一起出去吃飯，身邊女孩子的眼光不斷在我們身上遨巡，彷彿一瞬間我和他是這空間的唯一主角一樣。當然，不包括Hobo。

　　好吧，我承認，只有阿振一個是主角，可是誰又能保證不會有女孩子注意到身旁的我，不會被我郭富城似的髮型，或者額頭上呼之欲出的青春痘吸引？

　　除了跟阿振走在路上接受女孩子們崇拜眼神的洗禮，由於阿振是系上的公關，所以跟外系甚至外校的女孩子接觸的機會就多了。

　　「欸欸，阿振，也介紹幾個正妹認識一下嘛。」

　　「喔，正妹？」

　　「對啊，上次我在餐廳看到你跟兩個女孩子吃飯，一個長髮坐你對面，另一個短髮的也很可愛啊，介紹給我嘛。」

　　「凱子，相信我，那個短髮的女孩子不適合你。」

　　「沒關係啦，你不是在跟那個長頭髮的交往嗎，下次找我和她一起出去嘛。」

　　「相信我，你相信我就是了。」

　　之後沒多久，阿振跟那個長頭髮的分手了。原因是，阿振跟那個短頭髮的女孩子交往。

　　啊！阿振真是我的好朋友，幫我先觀察短頭髮的女孩子，是不是適合我。有這樣的朋友，我真的應該開心。

　　沒多久以後，阿振又跟那個短頭髮的女生分手。

「我告訴你，她真的不適合你。」

「喔，怎麼說？」

「她很任性，而且不注重生活享受，吃東西只吃路邊攤，不夠高雅。」

「喔喔喔，沒關係，吃路邊攤我可以忍受。」

「不，你不懂，她很喜歡使喚人。」

「怎樣使喚人？」

阿振一邊上網抓美女圖片，一邊開著碰碰叫的搖頭舞曲，害我聽他說話有些吃力，也必須分心幫他審核美女圖片的素質。

「她會一直叫你說你愛她，不說她還會鬧脾氣。」

「很可愛，很甜蜜啊，我可以接受啦。」

「你沒經驗，這樣的女孩子，很麻煩的。」

「哪裡麻煩？」

「佛曰，不可說。」

「喔。」

所以我只好摸摸鼻子，去洗澡。總之，有這樣一個經驗豐富，又受歡迎的朋友，真的讓我省下很多麻煩。

我洗完澡，走回寢室，阿振正掛上電話。我們這間寢室有四個床位，但是只有我們三個人住。大部分的時間，也只有我一個人，因為阿振在忙「公事」，Hobo在忙「戰事」。

所謂的公事，就是阿振當公關的事。

所謂的戰事，就是 Hobo 在跟人家連線對戰的事。

而我，一個人無聊的快要逝世。

「欸，凱子，你幫我一個忙，我就帶你去好玩的地方。」

「什麼好玩的地方？」

「你先答應幫我一個忙再告訴你。」

然後我就拿著阿振的一大疊衣服，幾個月沒洗的臭襪子去洗，和清理他滿滿垃圾的垃圾桶，順便還幫他把寢室裡晾著的幾件內褲收一收。

「凱子，我的口罩順便一下！」Hobo 也真會打蛇隨棍上。

等我洗完阿振的臭衣服，Hobo 的流浪漢口罩，我也差不多要再洗一次澡了。回到寢室，阿振跟 Hobo 的表情像足了被砂石車輾到一樣。

「聯誼，去不去？」阿振一邊笑一邊說。

「聯誼？好啊好啊，當然去。」

「嘖，可是……有資格限制啊！」阿振說。

「什麼資格限制？要有正當職業嗎？」我看著 Hobo。

「Hobo，你大概不能去了喔！」

「哇靠，你們歧視我！」Hobo 差點怒火燎原。

「拜託，」阿振拿起一支筆，一邊看著 Hobo，「我們了不起也是『筆視』你而已好不好！」

Hobo 生氣的搶下阿振手中的筆，大聲說：「到底有什麼資

格限制啦！」

「嗯，要有摩托車。」阿振翹著腿說，「Hobo，你那台載破銅爛鐵的手推車不行喔！」

「拜託，我的是賓士的好不好？」

「賓士有出摩托車喔？」我很好奇。

「有。」Hobo拿筆丟我，「還有出公車、火車、靈車、三輪車、老漢推車……」

「你們到底去不去？」阿振說。

「好好好！」我跟Hobo從來也沒有這麼團結過。

說到聯誼這東西，真的是解救和尚學校寂寞男子鬱悶心情的最佳調劑。人，可以不讀書，不做作業，不看盜版VCD，但是不可以沒有聯誼這東西。

聯誼是多新鮮多快樂多麼讓人憧憬的事，扣掉可以出去玩不說，運氣好一點，搞不好可以載到一級棒的美女，然後浪漫地渡過美好的一天，醞釀所有激情的元素，最後有情人終成眷屬，雙宿雙棲，生一窩的小孩，聽著自己的寶貝叫我「爸爸」……好吧，我想太遠了。

總之，這樣的感覺多麼讓人怦然心動，多麼寫意又感人。

這時候，一般的男生開始打聽對方的消息，對於這點我是一籌莫展，不過既然是阿振找的，素質一定非常不錯。然後，有人開始學吉他，再怎麼不濟也要學個最簡單的指法以及和

絃，用來騙騙女孩子，假裝自己是情歌王子。

不過，聯誼多半是騎摩托車，一邊騎車還一邊背著一把吉他應該有些累人，也恐怕會嚇壞了坐在後座的女孩子。所以這點放棄。

或者，開始燙衣服，把襯衫燙得一條一條的，筆挺得讓人感動；或者洗車子，把車子搞得可以照鏡子，然後到夜市買一個一百五十塊的可愛鑰匙圈，原本的某某人壽送的鑰匙圈先留著，等到聯誼結束再換回來。

所有可能的情況都要考慮進去，所以衣櫃裡面也要整理一下，免得運氣好過頭，花了好大的心力把室友遣走，帶女孩子回來卻被發現衣櫃裡有泛黃的內褲和濃厚的「男人味」。不過我一向愛整潔，守秩序，有禮貌，所以這點我也可以不必考慮。

那麼說來，現在就是萬事具備，只欠東風了。這一次，我一定要自摸。我心裡這樣想著。

Hobo不知道什麼時候消失了。聽阿振說，他好像是要去夜市治裝。

阿振看我一副無所謂的樣子，很是訝異，關上電腦，換了衣服。

「嘿，凱子，你是不想去了喔？」

「沒有啊，我準備好了啊。」

「準你老木啦，看看你的頭髮，拜託，整理一下好不好。」

「喂，這個髮型我留了八年，怎麼說我都對郭富城有一點感情了，怎麼可以說換就換。」

「唉，糞土之牆不可污也。」

「什麼意思？」

「就是說郭富城會很感謝你啦。」

嗯嗯，阿振真的是我的好朋友，我做什麼都一樣的支持我。接下來，就等著聯誼，等著美好的明天吧。

*****

等待的時間，總是跟上無聊的課一樣，特別漫長。

我一邊期待著聯誼的情況，一邊揣摩我該用的表情，和所有可能的情況下必須派上用場的台詞。例如，在抽完鑰匙，美女翩然走向我的摩托車的時候，我必須以仰角四十五點八度的方式，帶著梁朝偉般的憂鬱眼神，告訴我的美女同伴：「我已經等妳很久了。」

或者，在騎車到目的地路上，我會跟她說：「請妳抱著我，因為妳的安全，是我最大的責任。」

在到達目的地烤肉的時候，我會幫我的美女同伴烤一盤色香味俱全的料理，然後用金城武在《神啊，請多給我一點時間》裡面，追深田恭子的模樣，極盡全力地奔跑到美女同伴的身邊，氣喘噓噓的說著：「為了讓妳享用這一餐，我的努力付出不算什麼。」

　　然後美女同伴會拿出她背包裡的，有香味的面紙，幫我擦拭額頭上的汗水，含情脈脈地看著我，甚至於流下感動的淚珠，對著我說：「我好感動，你娶我好嗎？」

　　沒錯，就是這樣！我詹仲凱悶了那麼多年，等待的就是這一刻。

　　當然，我這些超完美的把妞計畫，是不可以告訴阿振的，以免讓他覺我已經很了不起，從此以後有聯誼的機會都不再找我。

　　你也知道，男人嘛，這種事情當然是多多益善啊。

　　阿振正洗完澡，走進寢室，一邊擦著頭髮一邊哼著不知道什麼歌，那種樣子也難怪那樣多女孩子為他醉倒，瀟灑中帶點狂傲，風流中帶點憂鬱，內褲也是藍中帶點灰白色，雖然是因為洗太多次才會有這樣的效果，不過我也真要說一聲，「阿振，我真猜不透你啊」！

　　「你在看什麼？表情呆滯，眼神渙散，嘴巴要開不開的，還牽了幾絲口水，你是中邪了喔。」

　　「沒有啦，我想問你，怎樣可以讓女孩子對我一見鍾情。」

　　「不是吧？」

　　「什麼不是？」

　　「沒有啦，我是說，一見鍾情不如享受追求的快感。你以為日劇是拍好玩的喔！你喜歡看一見鍾情的日劇，還是像一零一次求婚那種感動的劇情？」

「這樣說起來,我比較喜歡一零一次求婚耶。」

「那就對啦,你要去享受愛情的酸甜苦辣,不要只想一步登天。」

阿振把擦頭的毛巾隨手一丟,我趕緊幫他吊起來。

「而且憑你這樣,我看很難。」

「什麼?」

「我是說,郭富城一出手,女孩子就知道有沒有。」

阿振一邊說,一邊拿起電話。剛剛他去洗澡的時候,電話響了七通,簡訊來了四次。之所以分得出來電話跟簡訊,是因為電話會響一陣子,簡訊只會「嘟,嘟」兩聲。而且音樂也明顯的不同。

想到這裡,乾脆明天就在我的美女同伴面前,表現一下我獨特又別具吸引力的推理能力,讓她知道我並不只是擁有郭富城般的外表,還有一顆很棒的頭腦。

「喂,阿振,你剛剛說的那句話再說一次嘛。」

「哪句話?」

「就是郭富城一出手,那句話啊。」

「喔。郭富城一出手,就知道有沒有。」

嘿嘿,我還是第一次被這樣的帥哥稱讚咧,我不禁覺得臉燙燙的,我夢想中的畫面又浮現在我的面前。

「我好感動,你娶我好嗎?」

我差一點興奮得睡不著。

　　阿振看我這個樣子，搖搖頭，把電話放下來，小小聲的說一聲「軋補雷斯優」。

　　「你說什麼？」

　　「沒有啦，我幫你跟上帝祈禱明天一切順利啦。」

　　我就說吧，認識阿振真是我這輩子最棒的事。連一直以來慘不忍睹的愛情，也在認識他的短短幾個月內就轉運了。

第
2
章

「同學，你說了那麼久，
到底要不要把安全帽拿給我，大家好像都要出發了。」
「喔，對不起對不起。」
我從坐墊上站起來，打開我的車箱，嗯。
靠！我的安全帽呢？

天氣很好。

出發之前，我洗了個澡，因為阿振說洗得香香的男孩子比較討人喜歡。而且我也修了一下我的指甲，畢竟我是去聯誼，不是去演大力鷹爪功大戰少林龍爪手。香水就不必擦了，因為我沒有阿振的名牌香水，也不像Hobo屍首上，喔不，身上有流浪漢的味道，我才剛洗完澡，身上還是香香的。

皮夾裡面多放了一張一千元大鈔，總不好讓我那乾乾癟癟的皮夾太寒酸。最後，我原先還想整理一下書桌，擦一下皮鞋，以免到時候我真的有這個機會可以帶女孩子回來，可是阿振跟Hobo一直在催我，所以就算了。

天氣真的很好，好得我眼睛快要張不開。

我們到了女生們的校門口，浩浩蕩蕩十來台摩托車，想必這次是一個很龐大的陣容。根據或然率，女孩子多，美女出現的機會就高出許多。

來吧！我的美女同伴。

十幾分鐘以後，看見一大群女孩子往我們集合的地點走來，五顏六色，環肥燕瘦，脂粉翠薌，窈窕生姿。

說到這裡，聯誼的女孩子大概可以分成幾個種類。

第一，美女型。不需多加說明，大家把想像中的夢中情人的模樣套上去就可以，由於每個人欣賞的觀點不同，範圍也會有差異，總之，八九不會離開十。

第二，辣妹型。或許外表不是特別出眾，但是穿著打扮，

身材等等，都是一流，看了會讓人忍不住流口水，眼睛離不開一秒鐘。

第三，明星型。就是你一看到她，就會直覺像哪個明星。當然，像明星可不見得全然都是好事。你想想，如果有人稱讚你長得像威爾史密斯你開心嗎？我想一定挺開心的。不過，如果你是女生咧？你懂我在說什麼了吧！

第四，氣質型。總之就像是會在瓊瑤小說裡面捧著一本書，在落花滿地的小徑裡散步，順手一推眼鏡，舉手投足間充滿了自信與智慧。

第五，中國型。中國型是阿振發明的名詞，因為中國人是「龍」的後代，所以中國型的女孩子就是俗稱的恐龍。不過直接敘述這樣很不好，所以我那又帥又有才華的朋友阿振，就發明了這樣的名詞。

其實我還想細細的替各位分類一下，不過阿振已經叫我去丟鑰匙圈了。眼看著女孩子一個一個的往前抽鑰匙圈，還一邊討論著哪個可愛，哪個可能是豬頭故意換的鑰匙圈，哪個是掩人耳目，哪個看起來最有殺氣。

我的心越跳越快，眼睛不斷地搜尋所有的女孩子，搜尋雷達開到電力最強的地方，但是我沒忘記要維持我郭富城般的眼神，還有整理被風吹亂的郭富城髮型。

揭曉的時候到了，女孩子一個一個走到摩托車旁。

等了一陣子，我的身邊一直沒有出現任何一個女孩子，眼

看美女氣質一號在隔壁的隔壁，辣妹動感四號在左後方Hobo的老漢推車上，我的身邊卻一個也沒有。

不是吧，不會剛好從缺吧！

突然間，風雲變色，我的肩頭被一個清柔又帶著感情的手，輕輕地撫摸過去，那觸感可以讓我瞬間融化在她的指尖，我再堅強的意志力也在眨眼的時刻化成了繞指般的柔情。

「我已經等妳很久了。」我回過頭，微蹙眉頭，嘴角也沒忘記露出一點苦澀的角度。

「拜託，你是要一個女孩子走多快啊！」

呃，沒關係。應該是我的眼神把她給震懾了。

她是一個很漂亮的女孩子，也在我剛剛的搜尋範圍之內，沒記錯的話，應該是「溫柔美女三號」。想不到，外表這樣溫柔的女孩子，也會有如此直率的言語，真是人不可貌相，我又對她湧起了一點崇拜。

啟程往埔心牧場之前，太陽很大，我把車箱裡的外套拿出來，讓她披上擋陽光。

「不用了，謝謝，這樣我會熱到中暑。」

真是個體貼又有禮貌的好女孩！我對她微笑，用郭富城的招牌表情，對她說：「妳真的，好迷人。」

可能是因為太感動了，或者是害羞不知所措，她並沒有回答我。嘿嘿，看來我已經成功的打動她的心，讓她對我意亂情迷了吧。

「同學，你說了那麼久，到底要不要把安全帽拿給我，大家好像都要出發了。」

「喔，對不起對不起。」

我從坐墊上站起來，打開我的車箱，嗯，打開我的車箱。

靠！我的安全帽呢？我前不久才買的全新布丁狗安全帽呢？我記得，一直都在車箱裡的啊！

所以我馬上撥了電話給阿振。

「喂，阿振喔，我是凱子啦。」

「幹嘛啊，要出發了啦，不會騎過來說，打什麼電話啊！」

一抽完鑰匙，阿振就唱著「遙遠的東方有一條龍，她現在要上我的後座」，一邊搖頭。看來他是沒有抽中美女夥伴。

「是這樣啦，你那有沒有多的安全帽？我忘了多帶一頂安全帽了。」

「安你老木！誰會帶三頂安全帽出來？」

「那……怎麼辦？」

「去買啊！」

「現在……要去哪裡買？」

「我怎麼知道，你自己想辦法吧。」

眼看著Hobo跟他的動感辣妹四號，喔不，五號，管他的！Hobo跟他的夥伴正開心地談笑著，我差點怒火燒盡九重天。

喔！怎麼會忘了這麼重要的東西！

　喔！我怎麼會這麼糊塗啊！所以我只好先讓我的美女夥伴違反交通規則一下，沒戴安全帽，讓我載著到附近去找找看。

　沒辦法了，只好進便利商店去碰碰運氣。

　「請問，這裡有賣安全帽嗎？」

　「你到便利商店買安全帽？」

　我才剛開口，我的美女夥伴就很驚訝的問我。

　「對啊，我想說，碰碰運氣嘛。」

　「我真的是敗給你了。」

　嘿嘿，她這麼快就敗倒在我的卡其褲底下，真是讓我太開心了。

　我的美女夥伴逕自走到五度C新鮮櫃去拿了一罐飲料，走出門外。嗯，她忘了付錢。沒關係，我會幫她付，因為幫女孩子付錢是男孩子的責任！我實在太大尾，喔不，太偉大了！

　「你要安全帽嗎？」

　便利商店的店員問我。要不是現在我必須考慮到我的美女夥伴的心情，這個店員長得也挺清秀的，大大的眼睛，白白的皮膚。嗯，大概只輸我的美女夥伴十分吧。

　「呃，對啊，我現在要去聯誼，可是我忘了要多帶一頂安全帽了。」

　「我們這裡是沒有賣安全帽啦，不過我可以借你我自己的。」

「眞的嗎？實在是太謝謝妳了。」

「不會啦，只是你要記得還我唷。」

「嗯嗯，一定一定。」

店員把安全帽拿給我，我趁機瞄了一下她的名牌，蔡亞如，嗯，我一定要好好記住，等到我跟美女夥伴的孩子出生了，要帶他過來一趟。

「快謝謝阿姨，要不是這個阿姨的安全帽，把拔就不可以跟馬麻結婚，也不會生下你唷。」

好了，我已經遲到很久了，不可以浪費時間在幻想上面。我把安全帽遞給美女夥伴，她對我笑了笑，看來她已經深深爲我著迷。

在騎到埔心牧場的路上，我決定把我第二句台詞說出來。忘記的朋友請往前查找。

「請妳抱著我，因爲妳的安全，是我最大的責任。」

「請問，你是想吃我豆腐嗎？」

好好好，這個女孩子反應眞快，讓我想到金庸筆下的黃蓉。好，這樣子的夥伴，眞是讓我傾心。

「你可以騎快一點嗎？我們已經落後很多了。」

好，更好，連坐在後座，都如此的清楚狀況，以後一定是一個能幹精明，又會持家的賢內助。

我跟我的賢內助，喔不，是我的美女夥伴在這輛「愛的摩托車」上，前往我們「愛的目的地」，埔心牧場。一路上，我

們把愛情昇華到無聲勝有聲的最高境界，用心靈交談著。

到了埔心牧場，最重要的烤肉典禮就直接展開了。

「凱子，我們一組吧。」

「一起一起啦！」Hobo也跟著動感辣妹四號（或五號）一起過來。

阿振不再唱著龍的傳人，拿著烤肉用具就直接過來和我一起烤肉。

「喔，好啊。」

話說回來，我和美女夥伴之間的心靈交流，在阿振出現之後就變成了四個人之間的遊戲。雖然大部分時間都是阿振和我的美女夥伴在說話。而Hobo，無時無刻不在找話題跟動感辣妹聊天。我才發現，原來Hobo除了很會打線上遊戲，有很多寶物之外，也挺能言善道的。

我真的很佩服阿振，他可以說出烤肉的愛恨貪嗔癡，然後配合鄒衍的五德終始說，加上達爾文物競天擇的道理，說明烤肉的奧義；最後還可以結合老莊的無為思想，告訴美女夥伴和他的龍的傳人夥伴，烤肉給男孩子吃是天經地義的。

而Hobo，則可以從彗星撞地球一直講到哺乳動物的發展史，用來證明聯誼之於一般大學生的歷史性意義。差點沒把萊特兄弟發明飛機說成是聯誼造成的後果，簡直舌燦蓮花。可惜，配合上Hobo的流浪漢命格，就算他舌燦魯冰花也沒能讓他的動感辣妹夥伴聽他開花。

　　大家的注意力都在阿振的身上。

　　話雖如此，我還是在一旁的烤肉架上，認真的替我的美女夥伴準備最美味的料理。不論是火侯、口味，甚至是賣相都很講究。

　　接著，我就按照排定好的劇本，像金城武一樣的拿著我的烤肉，氣喘噓噓得跑向我的美女夥伴：「為了讓妳享用這一餐，我的努力付出不算什麼。」

　　在我奔跑的短短五米距離，三秒不到的光景，我掉了一個「黃金甜不辣」在地上，Shit！那可是我精心為美女夥伴準備的；在我停下來，說出我的感人肺腑經典台詞的瞬間，我看到美女夥伴用竹筷子夾了一塊半黑不熟的血腥肉塊，往阿振的嘴裡塞進去。

　　「喔，謝謝你。阿振！你同學幫我們弄好了，很好吃的樣子唷。」美女夥伴回頭對我一個甜笑，然後從我手中接過盤子。

　　「嘿嘿，沒有啦，你們慢慢吃喔。」

　　你同學？嗯，美女夥伴，我叫做詹仲凱，妳還不知道嗎？等一下一定會告訴妳這個改變妳一生的名字。

　　我看著他們兩個一邊吃著我烤的肉，一邊說說笑笑，心裡覺得安慰，畢竟我還是有幫上一點忙。阿振的夥伴沒多久就跑去和自己的同學一起，Hobo也和他的夥伴不知道到哪個地下道流浪去了。

剩下我們三個人，感覺有點怪怪的。

阿振一定是要示範怎樣子說話可以奪得女孩子的芳心，所以才會勉強自己吃下那塊可怕的血腥肉片，一切都是為了讓我學習到跟女孩子談天的技巧，阿振真是用心良苦，只是他算漏了我已經和美女夥伴到達心靈交流的境界。想到這裡我就忍不住暗自笑了起來。

「除了看電影，妳還喜歡做什麼？」阿振的眼神真是瀟灑。

「我喔，呵呵，我平常喜歡看書啊。」嗯，美女夥伴果然有氣質。

「是嗎，看什麼樣的書？」

「最近在看村上春樹的書，像是《海邊的卡夫卡》……」

「真的嗎？那本我也看了，不過我比較喜歡三浦綾子的作品耶。」

「那你呢？」

美女夥伴突然問我，我覺得臉燙燙的，果然美女夥伴是很注意我的。

「我喔，嘿嘿，你們都在說日本作家，我喜歡富樫義博的《幽遊白書》啦。」我搔搔頭，覺得自己跟美女夥伴之間果然是零距離。

後來，美女夥伴就再也沒有問我問題。

看著他們兩個熱切的談天，我突然覺得自己是不是說錯話了。不會啊！《幽遊白書》很有名啊，我從國小就開始看了，

電視也不知道重播多少次了啊。

　　他們聊天的話題從平常的喜好，說到學校的教授，再扯到演藝圈的八卦、社會現象、華航空難，甚至是八掌溪事件。

　　突然覺得阿振真是我心目中的神，這樣一來，美女夥伴不會無聊（因為我根本說不出那些東西），而且也可以讓她對我們有很棒的回憶。

　　孔子說得果然沒錯，益者三友，友直、友諒、友多聞。至少阿振絕對滿足第三個條件，我就說吧，阿振是我的好朋友。

　　雖然我不太插得上話，不過我從頭到尾都是用著仰角四十五點八度的方式，用我梁朝偉般的憂鬱眼神，深情地注視著美女夥伴。

　　烤肉結束。阿振要我去跟他的夥伴還有Hobo交代一下，說待會兒要一起去唱歌。聽到要唱歌，我整個心都活絡起來，幫他交代完之後，他又希望我幫他載他的夥伴。

　　「這……可是……」

　　「相信我啦，快去，這裡我會搞定啦。」

　　「喔。」

　　沒關係，我就暫時先跟我的美女夥伴分開一下下，一下下唷，很快的我們又可以雙宿雙棲，嘿嘿。

　　到了KTV，阿振依舊跟美女夥伴聊得很起勁，我在一旁試著加入，卻不知道怎麼融入他們的話題，尤其是現在談論到愛

情觀這東西，我沒談過戀愛，雖然在心裡幻想過千百次，但是畢竟是不存在的。

　　阿振的夥伴一副無聊的樣子，聽著幾個男生鬼吼鬼叫，或者幾個女生像蚊子一樣，歌聲聽不到幾句，倒是背景音樂聽得清清楚楚。

　　「凱子，我跟小孟先走了，我的那一個夥伴就拜託你嘍。」

　　我點的歌剛好來了。郭富城的「我是不是該安靜地走開」。至少，我知道美女夥伴的名字，叫做「小孟」。這應該算是，不幸中的大幸吧！

　　最後我把歌唱完，還模仿了郭富城的歌聲。全場爆起熱烈的掌聲，可惜我的美女夥伴已經跟阿振走了。我連他們去哪裡都不知道。阿振是在幫我了解這個女孩子，到底適不適合我。我這樣想。

　　唱歌活動還沒結束，我看阿振的那一個夥伴也很無聊，就提議先離開。阿振的夥伴沒多說什麼，就跟我一起走了。

　　「欸，你那個同學怎麼這樣就先走了啊？」

　　「喔，可能他們有事吧，或者那個女孩子有事要先走。」

　　「你真的那麼想？」

　　「是吧。」

　　載那個女孩子回宿舍的路上，她這樣問我。看起來，這女孩也是一個相當貼心的人，雖然我的台詞沒有用在她的身上。

　　傍晚的風，吹起來特別舒服，如果下次有機會，我一定要

載著我那個美女夥伴，小孟，一起嘗試這樣的感覺，一起感受這樣涼爽舒服的微風。

如果有下次的話。

*****

我回到寢室，把身上的襯衫脫下來，皮夾裡的一千元大鈔放回抽屜夾層，換了一件舒服的 T 恤，順便幫阿振收一下晾在外頭的衣服，洗了個澡，嘆了口氣。

Hobo 跟阿振都還沒有回來。

這次的聯誼，我真的很失敗，原本抽到上上籤，可以載到一個美女夥伴，誰知道最後沒有機會跟她有進一步的發展。看來，我的魔咒還沒有停止，就算我認識了阿振這樣的好朋友，也沒辦法改變我戀愛魔咒的威力。

看看時間，差不多要十點了，我收拾一下東西，到摩托車箱把我預放的外套拿出來，可憐的外套，本來是想讓你成為我體貼夥伴的好幫手，誰知道這樣子讓你在悶熱的車箱裡面待了一整天。

咳，這個安全帽，有點奇怪。

這，是什麼時候買的安全帽？我怎麼一點印象也沒有。

唉呀，慘了。我飛奔到寢室拿了皮夾，鑰匙，手機，剛好看見 Hobo 一路哼著歌走進寢室。

「幹嘛？跑那麼快是要趕死還是要趕投胎啊！」

「沒事，沒事。」

說完，我穿上悶在車箱裡一整天的外套，一路安全又快速地趕去那間便利商店。糟了個糕，我說過要還給那個店員的，我怎麼給忘記了！希望她還沒有下班，拜託拜託，蔡亞如小姐，拜託拜託。

在安全的考量下，我大概花了將近四十分鐘才到那間便利商店。我停下摩托車，脫下安全帽，打開車箱，拿出粉紅色小巧的「亞如」安全帽，直直就往裡面衝去。

「請問一下，今天早上那個店員在嗎？」

「哪一個，誰啊？」

「就是，嗯，就是蔡亞如啊！」

「你找她喔，她早就下班了，三點半吧。」

「這樣啊，打擾了，謝謝你。」

果然，我晚了一步。

虧我還答應她一定要還給她的，誰知道。她心裡現在一定想著，眞是好心沒好報。啊呀呀，糟糕糟糕，我一定造成她的困擾了。

今天眞不是我的天。

這句話國中的時候英文老師教我，我沒有多大的感覺，現在卻心有戚戚焉。

「哈囉，你終於來了，眞是的。」

是蔡亞如。在便利商店的門口，她坐在摩托車上。

我滿懷歉疚的把安全帽遞給她，還不小心碰到了她的手。有點冷。女孩子的手，是不是都是這樣？

「不是吧，他眞的這樣子走掉了？」亞如這樣問我。

「對啊。」我聳聳肩。

「你一點都不生氣嗎？」她正檢查她的安全帽。

「不會……吧。」老實說，我也不知道。

亞如拿回安全帽之後，順口問我今天聯誼的事，我大概把過程告訴她，她邊聽邊笑（尤其是聽到我說我喜歡《幽遊白書》的時候）。聽到最後，她問了跟阿振的夥伴一樣的問題。

「你眞的很樂觀耶！」

「是嗎？」

「如果換做是我，我早就氣瘋了。」

「沒有啦，妳不了解阿振，他是先幫我打聽狀況啦！」

「你，確定嗎？」

我的臉燙燙的。

我該怎麼樣才可以像阿振一樣，不管走到哪裡，都可以引起女生的注意？我羨慕阿振，也很奇怪爲什麼同樣是人生父母養的，我的異性緣就這麼不好。

「應該吧！」我回答。

「你眞的是一個好人。」蔡亞如發動摩托車，這樣對我說。

一個好人？

我知道，我看過一部成龍演的電影，叫做一個好人。

好人？好人之於我，就好像光鮮亮麗之於 Hobo 一樣。充其量，我大概算是一個好怪的人吧。

我還記得我國小的同學會，同班同學見到我的第一句話：「詹仲凱，怎麼沒穿著雨鞋來啊？」

諸如此類。

小時候，大家喜歡看的電視節目是藍色小精靈的時候，我每天下午四點半鎖定中視的體壇風雲。甚至連禮拜幾是拳擊，禮拜幾是賽車我都記得一清二楚。

這樣的我，是個好人。好一個沒人愛的人。

「好了，不跟你多說了，時間不早了，再不回家我媽媽要報警了。」

「抱歉抱歉，讓妳等這麼久。」

「沒關係，我也是剛好繞過來這裡才看見你的。」

「喔，那就好。」

她的白色摩托車一直放著白色的屁。

「呵呵，你的形容好好笑喔！」

當我這樣告訴她提醒她該檢查一下車子的時候，她這樣回答我。

「是嗎？不過，真的要去檢查一下喔！」

「好。」

「嗯，妳的摩托車，白的很可愛。」

「呵呵，是啊，她叫做小兔。」

「喔喔，那我的摩托車叫做亞美。」

「咦？你也有看美少女戰士？」

「嘿嘿。」我不好意思的搔搔頭，「打發時間，無意間看到的。」

亞美，亞如很美。

真是巧。

看著她把外套拉鍊拉上，我的心裡竟然有一點點捨不得的感覺。就好像看到我的美女夥伴「小孟」跟阿振一起從KTV離開的時候一樣。我也發動摩托車，準備離開。離開的時候，天空飄著一點點毛毛細雨。

「不知道，阿振跟小孟會不會淋到雨啊？」我心裡這麼想著。

「咦，你還不走？」亞如騎了一小段，停下來問我。

「喔，要了要了。」

「下雨了，要小心一點喔。」

「嗯，沒關係，我有雨鞋。」

「雨鞋？」

「沒什麼沒什麼。」

沒關係，我有太空戰士的雨鞋，沒有關係。

我有太空戰士的雨鞋，我不怕。

第
3
章

「喂，阿振咧？」我繼續躺在床上。
不會吧！阿振跟小孟在外頭過夜？
這一瞬間我彷彿聽到自己那顆脆弱的心，
被一個大榔頭狠狠地敲下去，
「貓」了一個大洞，還不停地哀嚎。

　　身體好像被炸過了好幾次，再回鍋去炒個三兩下一樣的疲憊。我甚至不知道自己是怎麼睜開眼睛的，只看見Hobo依舊窩在他的電腦前面練功，而阿振，卻不見人影。

　　「喂，阿振咧？」我繼續躺在床上。

　　「靠，流浪漢也有身分證的好不好，喂來喂去的。」

　　「好啦，阿振咧，蕭蕭！」

　　「蕭你個大芒果啦，他還沒回來啦。」

　　聽到Hobo的話，平常都要花個十幾二十分鐘才能清醒的我，這下子一秒鐘就到位了。

　　不會吧！阿振跟小孟在外頭過夜？

　　這一瞬間我彷彿聽到自己那顆脆弱的心，被一個大榔頭狠狠地敲下去，「貓」了一個大洞，還不停地哀嚎。

　　「他……從昨天聯誼之後就沒回來了喔？」我搗著胸口，不敢相信的問著。

　　「怎麼可能！你開始打呼沒多久他就回來了，後來才跟學長去打麻將啦。」

　　「喔……」

　　不知道，昨天阿振跟小孟有沒有淋到雨呢？他們是穿雨衣騎車，還是一起撐一把傘走路呢？

　　「Hobo，你昨天跟你的動感四號去哪裡啊？」

　　「什麼動感四號？」Hobo操縱滑鼠的手還是沒有停下來。

　　「就是你昨天那個夥伴啊！」

「喔，你說思淳喔，就送她回家啊。」

「騙誰啊，送她回家送到十點多？」

「因為她家在桃園啊！老大。」

「這麼遠喔！」

「你才知道。」

「啊進展如何？」

「什麼進展？」

「就你跟她的進展啊！」

「不要再說了。」

「這樣是怎樣？」

我看著Hobo的手微微的顫抖了一下，輕輕地嘆口氣，才回頭看著我。

「沒機會吧。」他說。

「你怎麼這麼確定？」

「根據我利用傅立葉轉換加上高微經過一連串複雜又精密的計算再求出它的極大值，精確度達小數點後十萬位。」

「我聽你在放屁。」

「拜託，我高中的時候，人家都叫我神算子耶！」

「我覺得你比較像龜兒子。」

不理會Hobo差點沒丟過來的滑鼠，我轉身看著寢室唯一的窗戶外面。

雨還在下。

「凱子，你昨天咧？看你後來急急忙忙的樣子。」

「我喔？我昨天就送阿振的那個夥伴回去，然後，就去還安全帽啦。」

「去哪裡還？」

「便利商店。」

「便利商店現在有出租安全帽就對了。」

「有啊，」我說：「便利商店有安全帽可以租，Hobo 簡直是一隻豬。」

「安全帽，便利商店，我是豬……」

然後一本書空降在我的臉上。

「哇靠，你還可以順便污辱我一下！」

我看著 Hobo 的電腦螢幕，一下子線上遊戲練功，一下子跳到聊天室的畫面，一下子打著報告。畫面不斷的轉換流動，我很疑惑為什麼 Hobo 可以同時間做著這麼多事。

「喂，Hobo。」

「嗯？」

「要不要去吃飯，我肚子有點餓。」我說。

「吃什麼？」

「我不知道。」

Hobo 回頭看著我，指了指桌上，我看見了一個清潔溜溜的便當盒。

「你吃過囉？」

「對啊，不過我可以陪你去吃。」

Hobo關了電腦，套上他那件格子流浪漢襯衫，拿著鑰匙晃啊晃的。

「你想吃些什麼？」Hobo問我。

「不知道。」我甩一甩有點灰塵的雨傘。

「馬的，你怎麼什麼都不知道啊？」

「我覺得吃什麼都可以啊。」

「沒有主見的人就像沒有蹄膀的豬一樣。」

「你在罵我是豬嗎？」我用雨傘拍拍Hobo的肩膀。

「把你的蹄膀移開啦！」

Hobo一邊說著，一邊打開他的雨傘。說到他的雨傘，那可真是世界七大不可思議之一。

十二支骨節，有一半以上都已經斷了，原本應該是黑色的雨傘，現在看起來像是綠色（因為有點發霉），更誇張的，是竟然在雨傘的正中央有一個拳頭大的破洞，然後他老兄用黃色的膠帶貼起來。

「喂，Hobo，你確定你這把雨傘還可以用嗎？」

「什麼意思？」Hobo試著撐開他的傘。

忘了說，他的傘是三節的，但是現在只可以伸長兩節，因為另外一節卡死了。

「你是不是應該換一把雨傘了啊！」

「還可以用啊，反正只是偶爾會用到而已嘛！」

「算了算了，我看撐我這把就好了。」

「隨便啊！」

然後我撐著傘跟Hobo走出宿舍。有點噁心。

「嗯，Hobo你會不會覺得這樣有點噁心啊？」我問。

「什麼噁心？」

「就是兩個大男人共撐一把傘啊！」

「是有一點。」Hobo看著我撐傘的手，「不然……你覺得應該怎麼辦？」

接著，Hobo這傢伙就把傘，喔不，應該說是把「我的傘」從我的手中拿去，然後非常自然地走著。

「嗯，喂！」我說。

「幹嘛啦！」

「喂！」我再說。

「又要幹嘛啦！」Hobo回頭看著我。

「有點怪怪的。」我指著我的頭。

「怎樣？長頭蝨喔？」

「喂！你把傘拿走我要怎麼擋雨啊！」

「吼！阿你又說兩個男人撐一把傘怪怪的，阿我一個人撐你又不要，到底要怎樣啦！」Hobo把雨傘轉了幾圈，雨水噴到我的臉上。不過我也溼得差不多了。

「沒事，」我把雨傘搶回來，「我突然覺得認識你真好。」

「那是當然的啊！」

最後雨傘的戰爭在一陣拉扯之後結束。結束的原因，是因為我的雨傘決定使出分離大絕招，就很像小時候看的金剛戰士大解體一樣。

「馬的，現在好了吧！」Hobo看著我的雨傘的殘骸。

「靠，你賠我一把傘啦！」我說。

我跟Hobo在雨中僵持著。

「嘿，你們在幹嘛？」一個女孩子的聲音。我沒有印象。

然後，天空不哭了。

學校的餐廳一直有著非常清純洋溢的感覺。不過現在洋溢的除了青春，還有不斷從髮梢滴下來的雨水。

有時候真的會想要去舔舔看雨水是不是真的很酸，不過當我想到這樣除了我會因為酸雨掉頭髮還很有可能因為酸雨掉舌頭，怎麼都不敢去嘗試。

我不敢嘗試的事，很多。例如蹲下來吃路邊的狗大便，例如在精神病院門口跳土風舞，例如跟一個不認識的女孩子一起吃飯。

我和Hobo因為我壞掉的傘對峙的時候，一個不認識的女孩子撐著透明的小傘出現在我們的背後。

「你是育欣嗎？」那個女孩子問。

「對，正是在下。」Hobo拱手抱拳，活像個流浪漢裝紳士。

「你們在幹嘛呢？」那個女孩子問了個廢話。

難不成我正和 Hobo 在雨中散步，然後在雨中邂逅了彼此，熱情地拋開手中的雨傘，接著痛快的給彼此一個老拳證明我和 Hobo 之間的深厚友誼嗎？看也知道我正和他在吵架啊！

「我們在研究下雨跟禿頭的絕對關聯性。」Hobo 說，一邊看著我。

「啊？」我張大嘴巴看著 Hobo，喝到幾口雨水。然後被 Hobo 推了一下。

「喔，對對對，這是我們的期中報告。」我一邊拭掉臉上的水一邊說。

「咦，好奇特的報告呢。」

「沒錯沒錯，我們期中報告的主題就是『我論，青年學子對一場雨該有的社會責任與歷史貢獻。』」我趕緊補充。

然後我們就一起到青春洋溢的學校餐廳吃飯。大學生活就該是這個樣子的，我熱血地認為這一切都是美好的開始。

「嗯，死蠢同學嗎？」Hobo 開口。

「怎麼呢？」那個死蠢同學很愛在說話最後加個「呢」。

「妳怎麼下雨還出來啊？」

「因為我肚子餓囉。」

「真巧，我也肚子餓耶，死蠢同學。」我說。

「喂，人家叫做思淳啦，發音標準一點。」Hobo 瞪我一眼。

「喔喔，我就想說怎麼女孩子的名字這麼……」

「怎麼樣呢？」思淳同學笑著看我。

「這麼有活力。」我說。

「嗯，我也覺得你長得很讓人恐慌呢。」思淳同學說。

「啊？」我嚇一跳。

「沒啦，滿有趣的就是了。」思淳同學說。

「有、有趣？」這女孩子說話真不留情面。Hobo竟然也在旁邊偷笑。

「騙你的啦，其實長相又不是很重要。」

「呃，嘿嘿，雖然我知道妳是好意，可是最後一句我聽起來更難過。」我說。

「呵，你反應真的滿快的呢！」

「這是誇獎嗎？」我問。

「怎麼，你覺得長相很重要嗎？」

*****

長相很重要嗎？

吃飯的時候我一直在想這個問題。這個答案一直到晚上我才知道。當天晚上，思淳找了他們班的女同學跟我們一起去夜遊，看來昨天的一場聯誼是達到一點點效果了。

文學院的女生果然不同，連去夜遊感覺都很有文學氣息。

「等一下會不會有白髮千絲繞不盡，陰風萬縷吹滿樓啊？」

我聽到一個個頭小小的女孩子這麼說的時候，差點沒把安全帽吞下去。說到安全帽，這次我可沒有忘記帶安全帽了。

「我問你一個問題。」說話的是我今天載的女孩子。

「好啊！什麼問題？」我說。

「你相不相信有鬼？」

我把安全帽拿給她，實在很想跟她說：「我不怕妳所以我應該不怕鬼。」不過我這樣說話未免太失禮了，所以我想了好一會兒才說「原則上來說，我是不怕鬼的。」

「什麼叫做原則上說？」

「就是根據我自己的原則來說。」

「那你的原則是什麼？」

「人比鬼還要可怕。」我偷偷瞄了她一眼。

「嗯，是沒錯。」

今天小孟沒有出現，讓人氣餒的，是阿振也剛好聯絡不到人。當下午思淳開口詢問Hobo晚上夜遊的時候，我明顯感覺到Hobo快要飛上天了。

想到這裡，我看了看Hobo一下。他載的不是思淳。

顯然Hobo飛到天上之後，撞到一台噴射機，然後掉到地上來。而且還掉在一坨狗屎上面。

因為女生不夠，Hobo又找了太多的同學來，所以他載的是班上重量級的，綽號胖虎的傢伙。

　　我突然發覺，所謂的「夜遊」，就是「夜晚一到沒事坐在外面亂晃到感覺空虛魂不守舍回去宿舍滿臉冒油」的一種活動。我載的那個女孩子一路上也沒跟我說話，只是捏著脖子上戴的十字架不停地禱告跟主懺悔。

　　「嗯，同學，我們還沒開始夜遊耶。」我說。

　　「我知道。」她說，然後繼續喃喃自語的禱告。

　　「那妳可以不必那麼緊張沒有關係。」

　　「我沒有緊張！」她說得很大聲。

　　「好好好，妳不要緊張。」

　　「我說了我沒有緊張！」

　　然後我輸了，這位同學有被害妄想症。

　　跟著車隊，我們來到某個不知名的山頭，套一句我身後女同學的話，真是「月落豬蹄霜滿天」，喔不，是「月落烏啼霜滿天」。

　　「這位同學，我們可以下車了。」我停下車。

　　「願我們慈愛的主⋯⋯」她還在禱告。

　　「這位同學，這位同學！」

　　「我知道了。」她瞪了我一眼。

　　然後開始夜遊。我跟「這位同學」還有Hobo，思淳，胖虎五個人一組，至於分組的原因單只因為分組感覺比較不會害怕。忘了說，「這位同學」的名字叫做婉君，就是「婉君表妹」的那個婉君。

這位婉君跟我們一起走的路上，嘴裡還在碎碎念著，似乎真的很害怕。

「這位同學，妳是不是真的有點害怕啊？」我問她。

「你說呢？」她瞥了我一眼。

「我跟妳說喔，我聽人家說害怕的時候在手心一直寫「人」這個字，就不會害怕了喔。」

「咦，那不是憋尿的時候用的嗎？」思淳同學歪著頭問我。

「對啊，我也聽說是憋尿的時候用的。」Hobo 很快地變成她們那一國的。

「是嗎？你們記錯了吧！」

然後，我們被胖虎的動作吸引了目光。他正不斷地在手掌心寫字。

「胖虎，你在幹嘛？」Hobo 問他。

「我，我現在……」胖虎人很大隻，說話卻小小聲的。

「對啊，你在幹嘛呢？」思淳說，連「這位婉君」都停下來看著他。

「身體不舒服嗎？」這位婉君也說話了。

「我，我現在想大便。」胖虎說。

月落烏啼霜滿天，胖虎肚痛想大便。

「難怪我剛剛載你的時候覺得車子都跑不動，原來你……」Hobo 捏著鼻子。

「育欣同學，你想說什麼呢？」思淳一副要笑不笑的樣子。

「他大概是想說，胖虎因為滿肚子都是大便所以才會這麼重。」我說。

「你們不要笑他了好不好，這樣很過分耶！」那位婉君同學放開手上的十字架，「怎麼辦，要不要去找廁所啊？」

胖虎一臉猙獰邪佞的模樣，不知道的人還以為他被什麼東西附身了。

「對啊，胖虎你要不要先解決一下啊？」我還是很想笑。

「嗯，免得等一下屎彈開花就不好了。」Hobo笑得像要虛脫一樣。

「蕭育欣，你很過分唷！」思淳指著Hobo，「我們先幫他找廁所啦！」

我想，等到我成家立業有了一番成就回過頭來寫回憶錄的時候，我保證不會忘了在我的大學生涯的那一段，加上現在這個畫面。

兩個女生，兩個男生，在一棵看起來像是大榕樹的旁邊，等著在二十步左右的距離的草叢中，正在跟已經淘汰的食物做告別式的胖虎。

重點是，有兩個女生，兩個女生在旁邊啊！想來也覺得胖虎真有福氣，這種羞死了的時候竟然也有女孩子願意陪伴。

當我這麼跟Hobo說的時候，他是這樣回答我的。

「那你下次想大便的時候，記得從宿舍跑到操場去。」
Hobo說，「然後這樣我可以保證不止女孩子圍觀，警察也會把
你抓去關。」

大榕樹的旁邊，異常詭異的氣味。

「這位同學，妳現在還害怕嗎？」我問這位婉君。

「我沒有害怕咩！」這位婉君惡狠狠地瞪著我。

「好，沒有就好，那妳不要緊張喔！」我說完，婉君又給
了我一個白眼。

「你真是一個好人。」

思淳對我說這句話的時候，胖虎剛好拿著衛生紙從草叢堆
走出來。

「喏，謝啦。」胖虎把手上的面紙還給Hobo。

「靠，不必還我了啦，拜託。」

「還可以用啊！」胖虎聞一聞手裡的面紙。

「你用就好，你用就好。」

那位婉君不知道哪裡變出來的溼紙巾給胖虎擦手，我隱約
可以看到胖虎眼中閃爍著感動的淚光。

「好一點了嗎？」思淳笑著問胖虎。

「好多了，不過……」胖虎支支吾吾的。

「怎麼，肚子還痛嗎？」婉君擔心地看著胖虎。

「衛生紙不夠？」我問。

「沒有啦，不會痛了，衛生紙也夠，只是我的屁股有一點點痛痛的說。」

「你昨天晚上是不是吃麻辣鍋？」Hobo問胖虎。

「還是你有痔瘡？」我跟著問。

「喂，你們很壞耶，」婉君生氣的手扠著腰，「人家屁股痛你們還在笑！」

一陣混亂加上一點點不尋常的味道之後，我們決定放棄夜遊，乾脆先到集合地點去等待大夥兒回來。集合的地點是一個涼亭，從附近不知道什麼建築物透過來的光線，讓人感覺有點陰森恐怖。

「喂，蕭育欣，」思淳盤坐在椅子上，「這個時候是不是該說一點鬼故事來聽聽啊？」

「鬼故事？」一旁的婉君一臉擔心的樣子，「一定要這樣嗎？」

「你們想聽嗎？」Hobo說。

「好。」我開心地說，反正我從來也不怕這種東西。

「要不要玩這麼大啊！」胖虎看一看婉君，「我投反對票。」

「我也投反對票。」婉君馬上來個郎情妹意的回應。

「兩票反對三票贊成，反對無效。」思淳說著，「說啊！」

我開始覺得這個思淳很猛，也很犀利，好像什麼都不怕一樣。

　　「好，我為了不要讓大家太緊張，我就說一個有趣一點的鬼故事好了。」Hobo微微低下頭，用著很詭異的表情說著。

　　「先說一個莫何橋的黃色鬼故事好了。」

　　「喂喂，我們這裡有清純可愛大方亮麗的女孩子，不可以太黃色喔！」思淳說。

　　「好，我盡量。」Hobo故作姿態的清一清喉嚨，「這個故事，發生在一個有七大不可思議傳說的學校。」

　　「哪個學校啊？」我舉手發問。

　　「阿就是有七大不可思議傳說的學校咩，問那麼多，你講故事還是我講故事啊？」

　　「好好，你繼續。」

　　「這個故事，發生在一個有七大不可思議傳說的學校裡……」

　　「這個你剛剛講過了啦！」

　　「詹仲凱，你再打斷我的故事，我就把你推到剛剛那棵榕樹下！」

　　一想到剛剛胖虎大解的那棵榕樹，我嚇得不敢再說話。胖虎則是對Hobo比了一下中指。

　　「這個學校裡面，一直充滿了很多禁忌的傳說，包括每天晚上十二點都會敲的鐘，有的時候會少敲一下，只敲十一下，然後以前的校長就會出現在校園裡面散步，還有被封起來的死亡電梯，聽說會把人帶到地獄的出口，有教官不信邪去坐過一

次，等到被救出來的時候，臉色發青，口吐白沫。」

Hobo四處東張西望，故作神祕的眼神飄來飄去，婉君的手快把十字架項鍊給捏爛了，而思淳則是面無表情地盤坐著，胖虎在搓自己的屁股。看來他的屁股還在痛。

「但是重點都不是這些傳說，而是這校園裡面，有一個很漂亮風景很美的湖，那個湖原本是情侶們的約會聖地，湖上有一座詩情畫意的橋，叫做莫何橋，因為一些原因被封閉了，連原本湖邊的小船，都被鎖起來，不得任意靠近。」

Hobo邊搓著手一邊說：「可是，沒有人知道到底是為了什麼原因，這麼漂亮的湖竟然被封閉，大家雖然疑惑，卻也沒有人敢去嘗試解開這個謎團。」

「一直到某一屆，學校竟然成立了一個叫做『探險社』的社團。」Hobo說，「這個社團可真是不簡單，竟然想要去一探這個被封閉的湖的祕密，於是，一切就這樣發生了。」

「一開始，他們設法解開鎖住莫何橋入口的那道鐵門的鎖，可惜，試了半天就是打不開，」Hobo瞇著眼睛，「最後他們找來了一個大榔頭，就『噹』的一聲遽響，他們在榔頭跟鎖頭的清脆碰撞聲中，走上了這座莫何橋。」

「走著走著，突然有一個人說：『我踩到一個東西！』大家都很驚慌失措，『什麼東西？』社長趕緊回頭過來巡視。」

「『軟軟的……』說話的是一個個頭不高的學弟，『土啦土啦！』旁邊膽子大的學長說著。」Hobo說到這裡休息了一下。

「到底是什麼呢？那位學弟伸手往鞋底一探……」

「『幹，賽啦！』原來學弟是踩到了大便。」

「喂，蕭育欣，你到底是在講笑話還是在講鬼故事啊！」思淳同學笑著摸著肚子。

「哈哈哈哈！」連婉君都笑了。

「不，重點還沒到，」Hobo伸出手制止我們的笑聲，「一陣笑聲之後，突然大家都安靜了。」

「湖邊出現了一個駝背的身影，大家『唰』的一聲安靜了下來，這時候，身為社長的學長，慢慢地走下了莫何橋，大家也跟著一起走下去，然後突然間，那個不知道是人還是什麼的東西抬起頭！」Hobo很激動地說著，「大家嚇了一跳，原來，原來那個駝背的身影，臉上竟然貼著『黃色的鬼』四個字！」

Hobo突然挺直了身子。

「這就是莫何橋的黃色鬼故事。」

然後，Hobo就被四個人圍毆得更像一個Hobo，胖虎差點沒把Hobo給丟下山去。原來「黃色的鬼故事」是這種鬼故事，還真是不好笑。

後來我們也沒有繼續說著什麼鬼故事，就在涼亭裡面等著大家慢慢下山回來，好像說好了一樣，回來的人臉上都洋溢著笑容，一點也不像來夜遊準備要被鬼嚇一嚇的人。

思淳還在生氣剛剛Hobo說的爛鬼故事，所以原本說好回程要給Hobo載的，臨時決定給我載。

　　當我聽到思淳想給我載的時候，我嚇了一大跳。

　　「為什麼想給我載啊？」

　　「不可以給你載嗎？」

　　「沒有啊，我只是好奇而已，單純好奇。」

　　思淳戴上我的安全帽之前，還不忘記把頭髮綁起來。

　　「因為我不想被風吹亂我的三千煩惱絲。」思淳說。

　　「為什麼是煩惱絲？」我問她。

　　「不知道，以前課本上就是這麼教的啊。」

　　「對了，妳們班的那個小孟，今天沒有來喔？」我問她。

　　「對啊，怎麼？」

　　「沒有沒有，順口問問而已。」

　　「她今天好像跟你們班的那個高高帥帥的那個公關，一起出去了吧！」

　　打擊出去，接殺。

　　「喔，是喔。」

　　「你好像臉色不大好喔，怎麼了呢？」

　　「沒事。」我擠出一個笑臉。

　　「不過我覺得你真的是一個好人喔。」思淳這樣說。

　　我真的是一個好人。跟蔡亞如說的一樣。

　　「你喜歡小孟喔？」

　　「沒有啊，怎麼可能，只是我昨天剛好載她，所以順便問問。」

「是喔，那我就不必說了。」

「什麼什麼？」

「沒什麼啦。」思淳笑著說，大家都已經發動摩托車準備離開了。

「什麼啊？」我戴上安全帽。

「你人很好，可惜女孩子喜歡壞男生。」

第
4
章

「你剛剛說，你要當個壞男生？」
「對啊。」我說，雨好像越來越大了。
「爲什麼要當壞男生呢？」
「因爲女孩子喜歡壞男生啊。」
蔡亞如轉過頭看著街上，雨越來越大，
打在柏油路上開出一朵一朵的花。

「我希望將來當老師。」

「我以後要當阿兵哥去打仗！」

「我的志願是當醫生。」

「我……我想當太空戰士保衛地球。」我說。

然後全班一陣哄堂大笑，老師也跟著笑，我覺得他們都不懂我，我真的想要消滅大壞蛋惡魔黨，然後保護我的家人跟我的朋友。那個時候的我，賭氣的發誓如果自己當上太空戰士絕對不要救他們。

這是我國小四年級。

太空戰士，應該算是好人吧！

這也難怪，我從小就立下志願要當好人，所以大家都覺得我是好人，我也努力地當個好人，然後思淳卻跟我說，女孩子喜歡壞人。

「Hobo，你覺得當好人比較好還是當壞人比較好？」上課遲到的路上我問他。

「當個有錢人比較好。」Hobo 說。

「那你想當有錢的好人還是有錢的壞人？」

「你聽過有錢的人是好人的嗎？」

「嗯……」我很認真地想著。

「快遲到了啦！」

我和 Hobo 匆忙地跑去教室。

「阿振,快上課了耶,大頭豬說這堂課要點名。」大頭豬是這堂課的老師。

「幫我請假,不要吵我。」出門前我叫阿振的時候,他只給我八個字。

昨天,阿振是不是跟小孟去了哪裡呢?

昨天我跟Hobo還有胖虎回到宿舍,已經快三點了。阿振的床是空著,寢室沒人。我拿著臉盆到浴室隨便沖洗了一陣,回來的時候Hobo已經躺在床上打呼。

我到隔壁寢去找胖虎拿我剛剛去夜遊借他的手電筒,胖虎正在講電話。

「你在跟誰講電話啊?」胖虎掛了電話以後我問他。

「嗯……那個……」胖虎人雖然胖,但是說話真的很小聲。

「又沒關係,跟我講嘛。」

胖虎的寢室通常只有他自己一個人,因為其中一個室友根本就和女朋友住在外面,寢室只是一個幌子;另外一個室友每天都通宵打麻將,只有早上偶爾可以看見他。

胖虎來自金門,本名叫做洪克堯,重考了兩次才考上大學,身材壯壯的,可以在比腕力的時候「秒殺」所有挑戰者。秒殺就是一秒之內可以分出勝負。

這樣子的胖虎,說話卻很小聲,而且人很可愛。

我記得我第一次看到他,是在新生訓練的時候。那是休息時間,我坐在靠近裡面的位置,剛好想要上廁所。

「你要粗器喔？」胖虎對我說。

「什麼？」

「你要粗器喔？」

「喔，對，我要出去上廁所。」

「聽說點一下要點名喔。」

「『點』一下要點名？」

「對啊。你要快點回來喔。」

胖虎真的很可愛。

有沒有看過長得像屠夫的人會臉紅的？現在的胖虎就是。

「你到底在跟誰講電話啦！」

「我在跟婉君講電話啦。」胖虎很害羞。

「婉君？」我抓抓頭，「是那位婉君嗎？」

「對啦。」

「哇！胖虎你的動作好快喔，好厲害喔！」

「不要亂說啦！」胖虎好像喝了Qoo一樣，臉紅紅。

　　拿了手電筒，我回到寢室，Hobo的電腦還沒關，那把破爛得可以猜不出來是雨傘的雨傘還放在桌上，阿振還沒有回來，我的頭髮還沒有乾。

　　不知道幾點的時候，阿振才乒乒砰砰的回到寢室，我朦朧間看到阿振幫Hobo把電腦關上，收拾了一下垃圾，然後往我這邊看。我繼續裝睡，然後我聽到窗戶被關上的聲音，外頭淅哩淅哩的聲音越來越小，我想應該在下雨吧！

別讓我
一個人撐傘

「當個好人比較好。」上課上到一半，Hobo突然跟我說。

「什麼？」

「我覺得當好人比較好。」Hobo說。

「可是女生不喜歡好人啊，他們喜歡壞男生。」

「誰說的？」

「思淳說的。」

「喔。」

然後Hobo就沒有再說話了。

「喂！」

「幹嘛？」

「我昨天看到胖虎跟婉君講電話喔。」我說。

「是喔。」

「你的態度要不要這麼冷淡啊！」

「很好啊！」

「你不覺得胖虎很厲害嗎？」

「真正厲害的是現在還在寢室睡覺的那一個。」

是阿振，沒錯。

*****

「怎麼當個壞男生啊？」

「收您五百元，」蔡亞如說，「你跑到這裡來就為了問我這個？」

「對啊。」我看著她一下忙著結帳，一下忙著找錢。

「呵呵，一般人都會說是順道過來的，就你那麼老實。」

「真的嗎？」

「找您三百七十二元。沒事幹嘛當個壞男生？」蔡亞如說，「謝謝光臨。」

「因為女生不喜歡好人，喜歡壞男生。」

「誰說？」蔡亞如好不容易有空停下來專心跟我說話。

「一個女生說的。」

「那她一定沒有談過戀愛。」

「這個我就不知道了。」

下課以後，我一個人騎著車到便利商店來買東西，不過這次我又繞了一大圈到蔡亞如工作的便利商店，門口看到了她的白色摩托車，我鬆了一口氣。

「等我下班再回答你的怪問題好嗎？」她走出櫃檯。

「好啊！」

我走到門口坐在摩托車上，看著便利商店前面來來往往的人群。

我大約統計了一下，平均每十七秒鐘會有一個人經過這裡，每一分鐘約有一點二五個人會走進便利商店買東西，也就是說，每四分鐘有五個人會製造這間便利商店的業績，而且五個人裡面有一點五個人會偷瞄蔡亞如，這一點五個人都是男生。再精確一點的說明，每八分鐘會有三個男生走進便利商店

偷瞄蔡亞如。

我看著蔡亞如在五度C新鮮櫃前面上上下下忙著補貨，進便利商店的男生眼睛也是上上下下的跟著移動。

一直等到三點半，蔡亞如匆匆地跑出來。

「再等我一下囉！快好了。」

「好。」

等一下是多久？

現在時間是五點零七分。天空又開始飄著惱人的小雨滴，坐在摩托車上的我也開始擔心。

等一下要怎麼回去啊？我可沒有帶雨衣耶！

「等很久了嗎？」脫掉綠色的背心，蔡亞如對我笑一笑。

「對啊，等到妳的小兔都快要長大了。」我說。

「笨蛋，這個時候你要說『不會啊，才等一下子而已』，知道嗎？」

「可是我真的等很久了啊！」她坐到小兔的身上。

「對女生有時候不可以這麼老實的！」

「這是叫做『善意的謊言』嗎？」

「也可以這麼說。」

「這樣啊！」

「你剛剛說，你要當個壞男生？」

「對啊。」我說，雨好像越來越大了。

「爲什麼要當壞男生呢？」

「因爲女孩子喜歡壞男生啊。」

蔡亞如轉過頭看著街上，雨越來越大，打在柏油路上開出一朵一朵的花。

「哇！雨越來越大了，你等等怎麼回去？」

「騎車啊！」我拍拍我的車。

「有雨衣嗎？」

「嗯……」我搔頭，「有啊。」

「那趕緊回去吧，雨越來越大了。」

「喔，好啊。」

蔡亞如打開小兔的肚子拿出雨衣，穿了上去，然後小兔開始放屁。

「喂，還不快點！」

「喔，好。」

「掰掰囉，改天再說。」

「嗯掰掰。」

然後「噗」的一聲，小兔載著亞如在一陣白屁中揚長而去。

其實我沒有雨衣，但是亞如說，有時候對女孩子不可以太老實。發動車子，我準備冒雨回學校去。

「你還在這裡幹嘛？」蔡亞如又折回來。

「我，我要走了啊！」

「你的雨衣咧？」

「呃……其實我忘了帶雨衣出來了。」

「笨蛋，你剛剛不會說啊！」

「妳不是說，對女孩子有時候不可以太老實嗎？」

「敗給你了，不是這樣的啦。」她把口罩拉下來，「你有手機嗎？」

「有啊！」可是除了我老媽會打電話叫我放假要回家之外，很少會響。

「給我！」

「可是給妳我就沒手機可以用了啊！」

「敗給你了，借我一下下啦。」

「喔。」

我把手機拿出來，看著她按了半天，然後交回我的手上，手機有點溼溼的。

「進去買一件輕便雨衣再回去吧，小心著涼。」

「謝謝妳。」可是，我忘了帶皮夾出門。

「還不快去！」

「我……」我不好意思的說，「我忘了帶皮夾耶。」

「好吧。」她下了車打開車箱拿出皮包，「恭喜你。」

「恭喜我什麼？」我疑惑地從她手中接過有點溼溼的一張百元鈔票。

「恭喜你邁出當個壞男人的第一步。」

「啊？就是伸手跟女孩子拿錢啊！」

「喔，沒有沒有，」我趕緊把鈔票還給她，「我沒有這個意思。」

「跟你開玩笑的啦！拿去，改天再還我。」

「喔，呵呵。」

她把口罩戴上，對我揮揮手，然後又是一陣白屁。

進便利商店買輕便雨衣之前，我看了一下手機。電話簿裡多了一個號碼。名字叫做「記得買雨衣」。

*****

沒多久，胖虎就轉到我們寢室來。因為他們寢室的使用率太低，所以他乾脆就申請轉寢，這樣也好，反正我們寢室也只有三個人而已。

托胖虎的福，因為他跟「那位婉君」過從甚密，所以我們也時常有跟女孩子出去吃飯唱歌夜遊的機會。

胖虎一直堅持不願意承認他跟婉君之間交往的進度，不過看著一個大塊頭每天捧著電話輕聲細語的呻吟，喔不，輕聲細語的聊天感覺總是特別了一點。

「胖虎，你要不要乾脆改名叫做『家明』啊！」Hobo說。

「為什麼？」

「我看瓊瑤小說裡面那個婉君表妹的男朋友就是家明啊！」

「你不要亂說啦！」

旁邊的阿振在打線上遊戲，也一邊說著：「我們家的胖虎長大囉！」

「哇靠！他已經這麼大隻了，還要繼續長大啊！」Hobo說。

「這樣子要不要幫胖虎改名啊？」我附和著。

「我看，就叫做『南拳北腿之戀愛中的胖虎』好了。」阿振笑著說。

「不好，我覺得應該改做『東胖西肥之愛河裸泳的胖虎』。」Hobo說。

「我認為『孤男寡女之咬著婉君的胖虎』比較貼切。」我開心地說。

當我們繼續開著胖虎的玩笑的時候，胖虎差點沒有展現他力大無窮的『秒殺』功力，施展出『左打阿振右扁Hobo腳踹著我之真愛無敵胖虎功』。

「阿振，我有問題想要問你。」胖虎對阿振說。

「什麼？」

「嗯……就是啊，嗯……」

「好，我懂，然後咧？」阿振說。

「我都還沒說你就懂囉？」

「廢話，怎麼可能。」

「那你怎麼說你懂了？」

阿振的手離開滑鼠，一瞬間好像聚光燈都往他身上照過去一樣，我跟Hobo都期待著他會發表什麼高見。

「根據我夜觀星象掐指一算的結果，你會在這個時辰問我有關的問題，不出三個方向。」阿振的手在那邊捏啊捏的。

「哪三個方向？」Hobo幫胖虎問。

「對啊，哪三個方向？」胖虎露出期待的表情。

「第一個方向，就是問我為什麼我會長得這麼帥，這個問題我本身從出生到現在也一直無法參透，所以無法回答你。」阿振說。

胖虎拿了一本書丟過去。

「好啦，聽我說完啦。」阿振躲過書本攻擊，「第二個方向，你該是要問我為什麼你會這麼胖，這要從你的體質加上你的生活習慣跟你的生活態度有關。所以這個問題，解答只有一個，就是……」

阿振站了起來，指著胖虎說：「你應該是天蓬元帥豬八戒轉世！」

這次我跟Hobo趕緊衝過去抱著胖虎，因為他正準備把寢室的窗戶拆下來往阿振那邊丟過去。

「喂，聽我說完啦！」阿振說，「第三個方向，想必就是跟一個字有關。」

「不要賣關子啦！」我急著。

「好，謎底揭曉，就是「愛」，對吧！」

「那到底你要問什麼啊，胖虎。」我問。

「我……我想問……」

「你再扭扭捏捏我就把你打成胖貓！」Hobo說。

不過說完Hobo立刻就後悔了，因為胖虎準備把床板拆下來。應該是Hobo會被胖虎打成乞丐元帥流浪漢轉世。

「我想問，要怎麼跟女孩子牽手啦！」胖虎說。

「喔喔喔喔喔喔喔喔喔！」阿振興奮地叫著。

「哇靠！」我熱血沸騰。

「馬的咧，簡直是麥芽糖黏喉嚨嘛！」Hobo說。

「等等，麥芽糖黏喉嚨是什麼意思？」我問Hobo。

「甜到無法喘氣啊！」

寢室裡開始瘋狂，我們輪流和胖虎握手，甚至又唱又跳歡欣鼓舞；最誇張的是Hobo，竟然開始打電話跟同學報喜。

「等一下，我只是問個問題，你們有必要這麼誇張嗎？」胖虎說。

「恭喜你，總算在世界末日之前脫離處男的行列！」阿振拍拍胖虎的肩膀。

由於胖虎已經忍不住開始拆書桌準備丟我們，所以只好停止瘋狂。

「關於這個問題，我實在很難回答你。」阿振說。

「為什麼？」

「因為實在太簡單了，就把手『嘟』過去牽起來就好了啊！」

「原來這麼簡單啊！」我心裡想著。

「可是我會緊張啊！」胖虎說。

「那你就假裝你的手很痛，要她幫你按摩啊！」

「太扯了啦！」

「或者你跟婉君說，你突然瞎了要她牽著你的手過馬路嘛！」Hobo說。

「這個好這個好！」阿振說。

「好個大頭啦！」

最後我們四個人研究出將近一百種的方式，例如：「妳如果不牽著我的手，我的壽命就會剩下最後一個禮拜」，或者是「我的手跟劉德華握過，可以讓妳間接跟劉德華握手」還有「我現在好不舒服，妳趕快握著我的手，我就會沒事了」這種莫名其妙的方法。

胖虎到底決定使用哪一個方法我不知道，只知道這個問題的結論下得非常奇怪。

「嗯，牽手不是重點，重點是記得要買雨衣。」阿振說。

「嗯嗯，就是這樣。」Hobo也說。

我私底下偷偷地問Hobo這段話的涵義，他只簡單的回了我一句話。

「騎車請戴安全帽。」Hobo說。

　　很久很久以後，我才知道他們兩個在暗喻什麼，當我偶爾回頭想起，心裡頭總也會有一陣陣的甜。好像，我大學時代的話題總是三句離不開女孩子，五分鐘就會開這種沒有營養沒有意義的玩笑。

　　但是，這就是我的青春。

青春，只是一首寫不完，卻又太快結束的歌。

第
5
章

我時常覺得人腦是一個很奇妙的東西。

人的腦子裡可以思考，

可以感覺，可以推理，可以記憶。

一個腦子不過巴掌大一點，

可以做著這麼多的事，

還可以塞下那麼多的記憶。

但是，

記憶總是會提醒我們過了多少個日子。

「白色五號！」

阿振一聲大喊，整個人以一條優美的弧線在網前拉出漂亮的線條，「砰」的一聲殺球。

這是系排的練球，我是候補。

記得高中的時候曾經摸過幾次排球，不過都是在體育課。印象最深刻的，是那時候的體育老師考我們面對牆壁托球，三十次以上算是及格。那一次考試，我總共補考了十六次才過。而且還是老師開恩，讓我十六次加總起來超過三十次。

「白色三號！」

這次胖虎吊球，讓Hobo製造一個機會，阿振再一次的網前扣殺。漂亮的一擊，全場爆出了掌聲。

「白色五號」、「白色三號」是戰術的名稱，針對每個情況會有不同的戰術。而我，每次上場練習的時候，永遠只會跟著亂喊。

「黑色十號半！」我喊著。

接著Hobo就會把球鏟到我的頭上。

「你在亂喊什麼啊？」Hobo說。

「戰術啊！」

「你個鬼戰術，我就沒聽過有黑色十號半這個戰術。」

「黑色十號半，是我鞋子的顏色跟尺寸啦！」

可想而知，最後我就被換到場下當「啦啦油」。

啦啦油就是當啦啦隊替場上的人加油。

　　不知道是託阿振的福，還是胖虎的愛火燒得太深，每次的練習都會有女孩子一起參觀，當然，大部分的女孩子都是注意阿振。婉君也幾乎每次練習都會到場，然後拿著飲料在場下替胖虎加油。

　　更重要的是，小孟也在。

　　「好，大家休息一下。」學長說，「兩分鐘。」

　　「哇靠，兩分鐘，簡直不是人嘛！」Hobo抱怨著。

　　「蕭育欣學弟，你說什麼啊？」

　　「我說謝謝學長，我會好好把握這兩分鐘休息時間的。」

　　這個學長綽號叫做「猛爆鐵拳鬼見愁」，聽說這個封號是在他大一參加系際盃的時候被對手取的。詳細情形我們也不大清楚，不過根據Hobo向學姊打聽到的消息，是他的殺球曾經一擊命中對手的鼻樑，到現在那個倒楣鬼的鼻子還是歪的。

　　「孤男寡女之咬著婉君的胖虎」正享受著他的「愛的力量」飲料，小孟還是遠遠坐在一旁微笑。看著阿振很自然的走到小孟身邊，不知道說了什麼，就笑笑的坐在小孟旁邊。

　　我突然覺得我的心是空的。抓不到自己現在的感覺。

　　有點像武俠小說裡頭施展武功卻用錯了力道，又像是踩在沒有施力點的棉花上面拔河一樣的難受。

　　「猛爆鐵拳鬼見愁」學長吹了一下口哨，大家都站起身子準備繼續練習。

　　「你，起來。」學長指著我。

「喔。」

「你代替我的位置。」

「我？」我指著自己不可置信得看著學長，「要我代替你的位置？」

這個時候我只好硬著頭皮上場，偏偏這個時候，我看到阿振眼中的殺氣。哨聲一響，我也只能裝模作樣的在場上死撐。

然後，接著，然後，這樣這樣，接著那樣那樣。這就是全部的過程。

如果你堅持這麼殘忍的要聽我說中間的過程，我只好再一次重複。我高中的體育課考過排球，我補考了十六次總和加起來才及格。

偶爾偷瞄場下，我似乎完全不在小孟的焦距裡面。

「哎喲！」

不專心偷瞄場下的結果，就是會被阿振的殺球Ｋ中腦袋。

青春是應該洋溢著汗水與淚水的。我的也是，不過多了一個水，就是口水。阿振的殺球讓我當場眼淚鼻涕口水一起發射，這種感覺真的不是蓋的，好像是被拳王泰森的重拳連續扁了七十八下，然後再讓鐵鎚補上幾下一樣。

「不准下場，繼續！」鬼見愁說。

「是，學長。」我一邊從地板上爬起來，一邊偷了個空給他一隻中指。

練習結束之後，我全身痠痛不堪。回到場下收拾東西，準

備洗把臉買個便當回宿舍去休息，全身三十六筋骨加上七十二的罩門，好像在同一時間被一個武林高手肢解之後隨便玩一玩，再把我裝回去一樣。

「凱子，吃飯去。」Hobo跑過來跟我說。

「不了，我全身都快散了，我要回去休息。」

「走啦，大家都要去耶！」

「大家？」

「對啊，思淳也要去，胖虎也會咬著婉君一起去，一起來啦！」

「哈哈，什麼胖虎咬著婉君，你白痴喔！」

「不要廢話啦，走啦！」

我的上衣溼得不像樣，簡直可以拿來拖地板了。

收拾完東西，換好了衣服，大家已經在等我。

「喏，飲料給你。」

「啊？」

看著眼前伸出手拿飲料給我的小孟，我簡直不敢相信。

一瞬間我突然覺得，就算「猛爆鐵拳鬼見愁」學長出現在我的面前，我也可以一拳把他打成「猛爆鐵拳小甜甜」一樣。

「拿去啊！」小孟說。

「喔，謝謝妳。」

果然！小孟還是我想像中那個完美的女孩！

在這個時候，我覺得世界充滿了希望，空氣多麼的新鮮！

雖然我現在口渴得可以喝下一整個水庫的水，但是我決定把這個對我深具意義的愛心飲料保存下來，這可是我跟小孟愛的見證啊！

在往餐廳的路上，我都用著跟小孟一樣的步調走著，雖然小孟還是走在阿振的身邊。而阿振的手上，也有著跟我一樣的飲料。

「喂，在想什麼呢？」思淳跟Hobo走到我身邊。

「沒什麼呢！」

「看你一臉開心的表情，剛剛你打得不錯呢。」思淳說。

「沒有吧！」我笑著。

「對啊，被打得很不錯。」Hobo說。

要不是飲料是小孟給我的，我一定會往Hobo身上丟過去。

「今天晚上我們要去唱歌喔！」思淳說。

「你也一起來嘛！」Hobo一臉邪佞的笑。

「晚上嗎？」

我懷疑大家是真的不會累還是衝著「青春無敵」四個字？我的骨頭都快散了，Hobo竟然還可以這麼興奮，晚上竟然還要去唱歌？

「一起去吧，我們也要去。」胖虎牽著婉君的手。

「喔！『你們』也要去喔！」Hobo故意加強聲調在「你們」兩個字。

「你是你，我是我，幹嘛用『我們』嘛！」婉君偷偷捏了

胖虎一下。

「哇咧,你們兩個簡直是趙薇賣饅頭嘛!」Hobo說。

「什麼意思?」

「少林足球有沒看過?甜在心啊!」

大家一陣笑聲,胖虎跟婉君兩個人都不好意思的臉紅。不過婉君臉紅很可愛,胖虎臉紅感覺就很可怕了。當我這麼說的時候,胖虎差點沒有把我直接往餐廳裡面丟進去。

大家吃完飯,回宿舍整理梳洗,騎著車子準備去接女孩子。看Hobo盛裝打扮的樣子,想必很期待這次的夜唱,我比較期待的,是Hobo突然吃錯藥決定請客。

上大學以後,由於一些有的沒有的開銷增加,加上三不五時像現在的活動,每次我打開皮包,都會想到孔子。

「關孔子屁事啊!」阿振問我。

「唉,你不會懂的。」

「你說說看啊!」

「逝者如斯夫,不捨晝夜啊!」

他們三個人整齊劃一的直接轉過頭去拿了東西準備出門。

「喂!你們幹嘛這樣排擠我啊,喂!」

「快點,要遲到了啦!」胖虎說。

KTV的空氣一直都是充滿了歡樂的,現在也不例外。

不大的包廂,兩支麥克風。

我們花了錢到KTV來,是單純為了享受這種快樂的氣

氛，還是真的為了唱歌？我大概計算了一下，從進包廂開始點歌到結束的四個小時之間，大約點了兩百五十首歌，而以每首歌五分鐘來說，最多可以唱到五十首歌。

四個小時總共花費的金額大概在四千元到五千元左右，平均唱一首歌要花掉八十元到一百元左右，也就是說，唱一首歌要花九十塊錢，那卻僅僅是五分鐘左右的事。

九十元要賺多久？

拿便利商店來說，一個小時六十五元，大概要做一個半小時才會賺到九十元。真是奢侈的享受！我看著麥克風在大家的手上傳來傳去，真的就像看到錢一直往前跑一樣。

「真的是『逝者如斯』啊！」我不禁嘆氣。

「你說什麼？」思淳湊過來問我。

「我說，到這裡唱歌真的是很奢侈的享受！」

「快樂就好了啊，又不是天天唱。」

「對了，妳怎麼都沒唱歌啊？」我好奇地問。

「我喔，」思淳喝了一口飲料，「我是來聽歌的，不是來唱歌的。」

「哇！那妳更奢侈。」

「怎麼說？」

我把剛剛的推論說一次給她聽，她平均每聽一首歌要花九十元新台幣。

「可是我花了九十元，買到了我的放鬆跟快樂呢！」

「妳現在覺得很快樂喔？」

「對啊。你不快樂嗎？」

我很快樂。我摸摸背包裡面，今天小孟給我的飲料，我今天真的很快樂。

現在正放著KTV的情侶對唱國歌，「屋頂」。麥克風傳來傳去，就是沒有人好意思拿。當然，我也不希望屋頂被我一唱變成掀開的屋頂，所以我也沒有接下麥克風。

胖虎跟婉君剛唱完，大家面面相覷不知道該怎麼辦的時候，阿振拿起了麥克風。然後，小孟開口唱。

我當場被三振。

聽著他們的歌聲是一種享受，但是現在的我卻難過起來。為什麼不是我跟小孟一起唱呢？

「怎麼啦？」思淳問我。

「啊？什麼？」

「你怎麼突然不說話啦？」

「沒有啊。」

「喔，我知道了。」思淳偷笑著。

「妳知道什麼？」

「你嫌他們唱得不好聽對不對？我要跟他們說。」

「沒有啦，亂說。」

音樂結束，我跟著大家一起鼓掌叫好。

接著最讓人想把麥克風吞掉的事情發生了。又是一首情侶

對唱,「你最珍貴」,而麥克風還在他們兩個手裡。

「我們來唱吧!」思淳對我說,一邊把麥克風拿過來,一支遞給我。

「妳不是只聽歌不唱歌的嗎?」

「我打消主意了。」

「可是……」我還來不及說完,歌詞已經開始了。

我心跳一百,血液衝上腦門,雙手像中風一樣不停地抖著。我唱完一段,接著,我聽到了最不敢相信的聲音。

音樂結束,沒有人敢先把歌卡掉,好像大家都忘記怎麼呼吸一樣。掌聲響起,大家又跟瘋了一樣地歡呼嘶吼,Hobo 最是誇張,竟然哭了。

當然,這一切都不是因為我。是思淳。

如果小孟的歌聲有八十分的話,那麼思淳的歌聲肯定破百,不,甚至破千!

「哇,妳唱歌怎麼這麼好聽!」我說。

「太感動了,實在是太感動了,我死也瞑目了!」Hobo說。

不過Hobo很快就後悔了,因為胖虎準備幫他這個忙,拿起麥克風準備往他嘴巴塞進去。

「妳唱歌這麼好聽,剛剛為什麼都不唱呢?」阿振問思淳。

「還好啦,我覺得你們唱得很好聽,所以聽歌就很開心了啊!」

「我們思淳是真人不露相啦。」婉君也附和著說。

「仲凱唱歌也很不錯啊！」思淳說。

「對啊凱子，我都不知道原來你實力這麼強耶！」Hobo說。

「沒有啦，是思淳唱得太好聽，大家才會有錯覺啦！」我不好意思的說。

「對喔，我想也是。」Hobo說。

「你不要那麼直接是會死喔！」我捶了他一下。

思淳唱歌真的真的很好聽，連帶的好像也讓我的歌聲加分了一樣，讓我覺得很開心。

接下來大家真的很High，越唱越瘋，越唱越開心。我開始體會到用九十元買到開心跟放鬆的感覺是什麼。

「我懂了耶。」我說。

「什麼？」思淳說。

這時候，Hobo正在模仿伍佰，全場氣氛很熱，所以我跟思淳說話的聲音也不得不跟著提高。

「我說，我懂了。」我大聲地說。

「懂什麼？」

「用九十元買到快樂跟放鬆的感覺。」

思淳笑一笑，跟著Hobo唱歌的節奏繼續拍手。然後，發生了一件很浪漫的事，就在大家鼓譟著要我跟思淳再合唱另一首「製造浪漫」的時候。

「來，抱歉喔，身分證麻煩拿出來一下。」條子伯伯說。

音樂繼續跑著，我們從口袋、皮包、皮夾裡面掏出傢伙，喔不，掏出身分證，駕照。

唯一的驚險，是Hobo忘了帶身分證。

我本來想提醒Hobo把遊民證拿出來給警察伯伯看，可是這個時候似乎不適合開玩笑。最後警察伯伯通融，讓Hobo拿學生證出來檢查，因為學生證上面也有出生日期。

「你真的是大學生？」一個很壯碩的警察伯伯問Hobo。

「我是啊！」

「你確定？」

「我確定啊。」

「你怎麼長得很像果菜市場左邊數過來第三個賣豬肉的那個歐吉桑？」

「那是我阿伯啦。」

「難怪這麼像。」

「下次你去買豬肉，跟他說你認識我，會打折啦！」

「那個什麼賣豬肉的歐吉桑真的是你阿伯喔？」警察臨檢完我問Hobo。

「屁啦！」Hobo說，「你覺得我會忍心把胖虎殺掉拿去賣嗎？」

胖虎走向KTV的大電視做勢要扛起來，Hobo嚇得趕緊求饒，大家差點沒有被笑得翻過去。

　　婉君在一旁也沒有要把胖虎攔下的打算，就看著胖虎把Hobo「秒殺」。

　　雖然我們沒有唱到「製造浪漫」，但是警察伯伯突然的臨檢和胖虎跟Hobo的表演，也替我們帶來了不少的浪漫，一種很傻氣的浪漫。五分鐘九十元，我們不只買到了放鬆與快樂，還買到了別人沒有的浪漫。

　　這樣愉快的氣氛一直持續到後來，我們越來越High，越來越放鬆，好像是多年不見的老朋友，又像是志同道合的夥伴一樣，開開心心的享受著。

　　一直到阿振接起電話。

　　「抱歉，我有事要先走了，你們繼續玩啊！」阿振說。

　　「先走？等大家一起走嘛！」Hobo說。

　　看著小孟的表情，看不出來是什麼樣心情。但是隱約覺得，她有點失望。

　　「抱歉抱歉，臨時有急事，先走啦！」阿振說，「凱子，我那一份你先幫我出！」

　　「我？」我猶豫了一下，「好啦，你安心的去吧。」

　　「馬的，你是在詛咒我喔！」

　　「沒有啦。」

　　唉，這次荷包又要大失血了，果真是奢侈的享受啊。

　　阿振先離開了以後，氣氛稍微冷了一點，不知道是大家累了，還是感覺無聊。結帳的時候，果然不出我所料，我的荷包

大大地失血，讓我開始盤算接下來幾天的日子該怎麼撐過去。

來的路上我是一個人騎車，現在阿振先走了，代表我必須載小孟。也不知道是幸還是不幸，阿振先走讓我可以載到小孟，可是現在的小孟卻不是那個開心的小孟。

「不好意思，要讓妳給我載了。」我說。

「不會啊，是我比較不好意思吧。」小孟的聲音，總是沒有喜怒哀樂。

「委屈妳了。」

小孟沒有說話，只是對我笑一笑。

思淳跟Hobo在車上對著我們喊著快點，待會兒一起去吃宵夜。到了門口，我那幾乎不會響的手機竟然響了起來。

「記得買雨衣」。

*****

我時常覺得人腦是一個很奇妙的東西。

人的腦子裡可以思考，可以感覺，可以推理，可以記憶。一個腦子不過巴掌大一點，可以做著這麼多的事，還可以塞下那麼多的記憶。但是，記憶總是會提醒我們過了多少個日子。

後來是系際盃的排球比賽，在比賽之前鬼見愁學長給我們做了一次又一次的特訓，幾乎每天上完課就要到系排去報到，然後每天都累得半死回到寢室，報告也是隨便抄抄，隔天的考試科目根本就是瞄一眼就闔上課本。

　　系際盃排球賽，只可以用「聲嘶力竭」來形容。那是因為我沒有什麼上場的機會，多半時候，都是在場下「啦啦油」。

　　單循環賽，輸一場球就會落到敗部，輸第二場球就捲舖蓋回家吃自己。所以包括學長們，還有大家都很努力想要拿到好成績。

　　比賽當天，思淳和小孟都一起來替我們加油，場上的阿振跟Hobo也卯足了勁，力求最完美的表現。

　　當然，我也是。

　　落入敗部之前，我唯一一次上場的機會，是在我們已經大幅領先的時候，鬼見愁學長喊了暫停，大家都很開心。

　　「你，上去。」鬼見愁說。

　　「我？」我又指著自己，「真的嗎？」

　　「對。記住，輕鬆一點，因為已經贏定了。」

　　上場之前，我回頭看了看小孟的地方。思淳對我笑一笑，小孟點點頭。

　　「加油吧。」小孟說。

　　我一上場，就是接替鬼見愁發球的工作。

　　「紫色十七號半！」我大喊。

　　「好，衝啊！」Hobo大聲的呼應。

　　「十七號半，好！」場上的學長也跟著大喊。阿振雖然沒回話，卻也衝勁十足。

　　但是重點是，根本沒有紫色十七號半這個戰術。

「水喔！凱子，那個紫色十七號半的戰術太漂亮了。」阿振對我說。

「沒想到你的戰術這麼精準耶。」Hobo也這麼說。

「好，非常好，看來你只需要一點磨練，就可以減輕先發球員的負擔。」連鬼見愁也這麼說？

「那個……我……」我支支吾吾的。

「我們都知道，幹得好！」Hobo拍拍我的肩膀。

「等等……」我說。

「怎麼？」

「紫色十七號半，真的有這個戰術喔？」

最後我被大家抓起來，到不知道哪一間教室去「阿魯巴」。也許還有人不大清楚「阿魯巴」是什麼，我稍微解釋一下。

阿魯巴是一個對男生極為殘酷的處罰，幾個人把你騰空架著，找隨便一個「堅固」而且硬度非常之足夠的柱子，例如窗台，例如走廊的柱子……然後，把你的腳張開（當然用暴力的方式），以一個很害羞的姿勢，把男人的重要部位往柱子撞去，時間長短不等，端看把你架著的混帳什麼時候手痠。

這次的阿魯巴讓我整整兩天走路怪怪的，Hobo還笑我是不是跨下長了芒果。至於我被阿魯巴的原因？

「參加系排這麼久，連戰術都搞不清楚，不僅欺騙我們大家的感情，以為你真的很厲害，還浪費大家的口水在稱讚

你。」鬼見愁說。

這就是我被阿魯巴的原因。

真的有紫色十七號半的戰術，也不知道是哪個王八蛋取的名字，這麼亂七八糟竟然讓我隨便矇中。後來我知道這個王八蛋就是鬼見愁，嚇得我不敢說話。

第二場比賽，我們輸了，馬上掉到敗部，所以我也不太有上場的機會，也省去我隨便喊戰術又被抓去「阿魯巴」的命運。聽鬼見愁說，我很有機會得到系排被阿魯巴最多次的榮耀。這種榮耀打死我也不要。

在敗部掙扎了兩場，我們終於還是輸了，畢竟打進冠軍決賽，揮灑汗水得到最後的勝利，多半都是作者在唬爛，這種熱血的場景在漫畫裡面才找得到。最後兩場球賽，我上場的時間平均只有五分鐘，多半也都是垃圾時間。

「沒關係，雖然輸了比賽，至少我們贏得自己的驕傲和滿身男人的汗水。」

比賽結束之後，鬼見愁這樣說著：「沒有冠軍的頭銜，我們擁有的是強健的體魄，還有鋼鐵般的意志。」

沒錯，還擁有被阿魯巴十幾次都不會腫起來的大腿，我這麼想著。

「所以，明天我們還是要繼續練球，一直到下一次的系際盃到來。」

「哇靠！」Hobo忍不住喊了出來。

「很好，蕭育欣同學，明天開始就由你來帶領大家每天跑五千公尺。」

現在我們終於知道，鬼見愁學長的封號，一定不是那個鼻樑被打歪的倒楣鬼取的。看著學長們一副早已經習慣的表情，我竟然開始後悔加入系排。

比賽結束之後，大家秉持著雖敗猶榮的阿Q精神，決定好好的舉辦一場慶功宴，而費用完全由系排負擔。不過回頭想想，當初繳了不少的系排費用，現在可以回收也勉強可以慰藉一下自己疲憊不堪的身軀。

當然，啦啦油的女孩子們也在系排的邀請之列，費用由我們認識的男生負責。

真是「逝者如斯夫，不捨晝夜。」啊！

第
6
章

「愛」這種東西真的很奇妙，
就算我覺得我現在愛上了誰，
我卻沒辦法確定那究竟是不是愛。
因為，我根本沒愛過，我不懂愛，
我只懂「暗戀」是什麼樣的感覺。

「哈囉，你來啦！」蔡亞如已經在便利商店的門口等著。

「對啊，換了衣服梳洗一下就過來了。」我笑著。

慶功宴，我並沒有參加。當然不是因為心疼我的錢，而是早已經答應了另外的約會。

這場約會，遲了好些日子。到底是多少個日子我也無法記個清楚，雖然記憶可以提醒我過了多少日子，卻很難告訴我這些日子到底錯過了些什麼。

通常，要很久以後才會知道的。

唱歌那天，不知道是多久以前了，就是阿振提早離開那次。我有機會載小孟，大家正準備續攤去吃宵夜之前，亞如打電話給我。準備接起來的時候，電話已經切斷了，我那時候並沒有立刻回撥。

那天吃些什麼，後來又說了什麼話，其實我已經不大記得了，只知道大家經過了四個小時的狂歡，已經透露出一點點的倦意。

小孟從阿振先走之後，一如往常的沒有說很多話。Hobo繼續耍寶，胖虎繼續咬著婉君，喔不，繼續牽著婉君的手。思淳總是在一旁笑著，大家還沒有忘記剛剛她天籟一般的歌聲。

少了一點什麼，卻又好像多了一點什麼，我抓不到感覺。

小孟不如我所想的那麼嚴肅，雖然話不多，但是偶爾還會說一些話，跟著一起笑一起鬧。即使我心裡很清楚，阿振先走對小孟還是有一定的影響，而我也沒有否認的藉口。

　　「愛」這種東西眞的很奇妙，就算我覺得我現在愛上了誰，我卻沒辦法確定那究竟是不是愛。因爲，我根本沒愛過，我不懂愛，我只懂「暗戀」是什麼樣的感覺。

　　我應該喜歡上小孟了吧，我想。但是又不是那麼確定，甚至不太清楚我是不是眞的喜歡她。

　　回去的時候，打個電話問問亞如吧！我當時這麼想。

　　當我回到寢室，梳洗完畢之後，我忘了這回事，一直到我入睡之前，我都沒有撥電話給蔡亞如。一直到隔天，再隔天，再隔天……

　　「喂，請問是蔡亞如嗎？」我撥電話過去的時候，不知道是幾天以後。

　　「我是啊，穿雨鞋的太空戰士。」我聽到叮咚的門鈴聲，她應該在上班。

　　「嗯，妳那天有打電話給我，我忘了接……」

　　「電話也有忘記接的喔！」

　　「不是啦，是我沒接到忘了打回去給妳……」

　　「對啊，不過那是好幾天前了嘟！」

　　「那……妳找我有什麼事嗎？」

　　「嗯，我也忘記了，應該沒什麼重要的事吧。」

　　「這樣啊……」

　　然後，突然的一陣沉默，我只聽見電話那頭傳過來陣陣的叮咚聲。

「你幹嘛不說話？」

「我，我……」我結巴了，「我不知道要說什麼耶。」

「你真的很老實耶！」

「是喔……」

「我好像想起來我那天找你幹嘛了。」

「幹嘛？」

「好像我收銀短收要賠錢心情不好吧。」

「是喔，原來啊。」

「可是就有人沒有接我的電話啊！」

「抱歉抱歉。」

「沒關係啦，不過如果有人可以請我吃個飯當作補償，我就不會生氣了唷。」

「真的啊？那趕快叫他請妳啊！」

「嗯？」

「嗯什麼？」

「那你還不趕快說！」

「我說？」我差點沒把電話吞下去，「那個人是我喔？」

「不然是誰呢？」

我無法避免的必須再怨嘆一次。

逝者如斯夫，不捨晝夜，不捨晝夜啊！

所以，我沒有參加慶功宴。

　　當然，亞如也知道我今天有比賽，雖然她不能來替我加油，但是她說她晚上可以陪我吃飯。不，應該說是「讓我請她吃飯」。

　　這一家涮涮鍋生意不錯，感覺也挺衛生乾淨。最重要的，是涮涮鍋並不貴，也算是對我的父母辛苦賺錢的一個交代。

　　「不好意思喔，還要你請我吃飯。」亞如說。

　　「不會啊，妳怎麼現在才不好意思啊？」我夾了一點高麗菜放進鍋子裡。

　　「你是什麼意思？」

　　「沒、沒什麼意思啦。」

　　我偷偷地把貢丸丟到亞如的鍋子裡去。

　　「你在幹嘛！」亞如瞪著我。

　　「沒有啦，幫妳加菜嘛。」

　　「你難道不知道這樣對一個淑女來說是很不禮貌的嗎！」

　　「啊？」我差點沒把筷子插進鼻孔，「這怎麼說？」

　　「你這樣明目張膽的把菜丟到我的鍋子裡，給別人看到了不會覺得我是個很貪吃的女孩子嗎？那我的名譽受損，誰來負責啊？」

　　「會不會，會不會太嚴重了一點啊！」

　　「嚴重？古時候要是這樣，你就要把我娶回家咧！」

　　「那也不錯啊！」

　　「你少臭美啦！」

　　亞如問我爲什麼不吃貢丸，我只是簡單的回答她我不喜歡貢丸的味道。

　　「眞的只是因爲這個原因嗎？」

　　「眞的啦。」

　　「說實話。」

　　我只好說出我幼稚園的時候，因爲太喜歡吃貢丸，所以夾了一大碗的貢丸，沒想到一次吃太多，在幼稚園裡面就這樣當場吐了出來。從此以後，我就眞的打死再也不碰貢丸，舔都不舔一下。

　　「那你眞的舔到會怎樣？」

　　「會吐出來吧我想。」

　　「這麼神奇？」

　　「妳想幹嘛？」

　　「沒有啦，呵呵呵呵。」

　　「喂，我山長水遠的請妳吃個涮涮鍋，妳可不要害我啊！」

　　「少耍白痴。」

　　最後爲了彌補那顆貢丸，我的盤子上多了一大把的菜，還有一堆肉跟蝦球等等的食物，吃到最後，我差點沒有把東西淹到額頭。

　　「亞如，」我說，「妳知道什麼叫做愛嗎？」

　　「你、你怎麼問一個女孩子這麼害羞的問題啊！」亞如碗一顫，湯灑了出來。

「害羞?」我搔搔頭。

「你還裝傻!」她鎚了我的頭一下。

「唉喲,不是啦,我是問妳,什麼才是愛的感覺啦!」

「喔,真是的,」她喝了一口飲料,「你問這個幹嘛?」

我大概跟她說了一下我對小孟現在的感覺,順便把心裡的疑惑說出來。

「你想要我告訴你什麼是愛嗎?」

「對啊。」我說,「因為女孩子應該比較懂吧。」

「你又知道女孩子就一定會懂!」

「女孩子比較細膩嘛。」

「也就是說,要我當你的戀愛導師囉!」

「嗯,也可以這麼說。」

「我怕,我沒有辦法把你教會耶。」

「不會啦,妳很厲害的啊,幹嘛妄自菲薄,妳可以的啦。」

「我當然知道我可以,只是學生的資質太差……」

我興起了不想付錢的念頭。

「妳幹嘛這麼直接……」

「好吧,我可以回答你的問題,」亞如說,「可是我不保證一定正確喔!」

「好,好,沒問題。」我拿起帳單準備去櫃檯結帳。

「呵呵。」

亞如跟著我一起走到櫃檯,然後掏出兩百塊。

「幹嘛？」我疑惑著。

「付錢啊！」

「不是我請客嗎？」

「拜託，你一個窮學生我怎麼好意思讓你請，下次吧！」

「不好，我說要請妳的。」

「男人不可以這麼彆扭喔！」

「是喔！」

「那當然。」

　那時候我真的覺得，我慢慢地要開始懂得什麼是「愛」了。

　也許，我以為自己不懂愛的時候，我才是最懂愛的人。

　相反的，我以為自己懂得愛，卻再也沒辦法知道什麼是真正的愛了。

告訴我，愛要怎麼說，愛要怎麼做……

「風蕭蕭兮易水寒，上次欠你的錢讓我晚點還。

帥哥振」

　這是我收到第七張阿振給我的字條。

　舉凡什麼「床前明月光，月底錢花光。」還有「欠錢不是無情物，化作友情改天還」等等。大學生活多姿多采，但是得建築在龐大的金錢開銷上。

　　系際盃慶功宴，我沒有參加，原本以為可以逃過一劫，沒想到只要是系排的成員，每個人都要負擔支出。更可憐的，是就算想要理論，看到鬼見愁學長的臉，我整個人就像真的看到鬼一樣。

　　從那天的涮涮鍋之後，我的手機裡面的電話又出現了些許的更動。原本署名「記得買雨衣」的電話，竟然被改成「改天要請我」。看現在這種經濟狀況，不知道什麼時候才能真正的請蔡亞如了。

　　我記得小時候學過一句話，叫做「屋漏偏逢連夜雨，船遲又遇打頭風」，這句話實在說得太好，我想我一輩子都要牢牢記住才是。

　　「這是什麼？」我問Hobo。

　　「卡拉OK大賽。」

　　「然後呢？」我拿著一張報名表。

　　「參加啊。」

　　「我參加？」

　　「你說呢？」

　　「什麼時候比賽？哇！我沒有正式的衣服耶。」

　　「你還當真喔，」Hobo說，「又不是五子哭墓大賽，你參加幹嘛？」

　　「那不然你拿給我幹嘛？」我先踹了他一腳。

　　「思淳要參加。」

「喔，然後咧？」

「我們要派代表獻花。」

「我要負責獻花嗎？」

「不，」Hobo把報名單搶回去，「你要負責買花。」

這一陣連夜雨保證會讓人禿頭，這一場打頭風肯定會把我的中餐打成泡麵。

「為什麼是我？」

「猜拳決定的。」

「什麼時候的事？」

「剛剛。」

「剛剛？沒有啊，剛剛有猜拳嗎？」我看著在旁邊的胖虎。

「來，你拿著。」Hobo把報名單拿給我，「胖虎過來一下。」

胖虎走了過來，笑了一笑，這個笑容裡面讓我察覺到一點點不安的情緒，這種不安的情緒可以拆成三個層面來分析。

第一，胖虎喜歡笑。這個假設被駁回，因為屠夫通常只會咆哮。

第二，胖虎愛上我。這個假設暫時不成立，因為我想到就一陣噁心。

第三，……

「剪刀石頭布！」我還沒有分析完，Hobo就開口說。

除了正在睡覺的阿振之外，胖虎跟Hobo都出布。這個不

是重點，重點是現在的我手裡拿著那張報名單。

「喂，這樣不公平啦！」

「哪裡不公平？」

「你們這樣根本就是陰我嘛！」

「有嗎？」Hobo看著胖虎，「胖虎有嗎？」

「沒有吧。」

「我要上訴！」

「上訴駁回。」

「你們太過分了，我要抗議！」

這個抗議並沒有成功。

因為胖虎已經準備把門拆下來，我只好趕緊閉嘴。

卡拉OK大賽，參加的不是只有思淳，胖虎跟婉君也參加情侶對唱組。Hobo說，胖虎跟婉君在台上合唱的感覺，有點像「多啦A夢幼稚園之八部合唱混音版」。想當然，Hobo話說完沒多久，就被胖虎秒殺。

我負責買花，這束花花了我九百多塊，但看起來像是十五朵百合隨便拿包裝紙包一包就賣給我一樣。這束花應該是比賽中最搶鏡頭的東西，因為它不只拿來獻給思淳，還「順便」也獻給胖虎和婉君。

十五朵百合花，在思淳的手上看起來特別的漂亮。一點也不像在我手上那樣的廉價感覺。最漂亮的時候，應該是經由小

孟的手獻給思淳的時候吧。

　　我們在台下賣力鼓掌歡呼，思淳真的很有大將之風，感覺一點也沒有怯場或者緊張，不管是肢體動作還是歌聲。

　　如果我是評審，我大概會給她滿分吧！

　　比賽結束之後，思淳得到第一名。大家開心地用力鼓掌，尤其是 Hobo，特別興奮。而胖虎跟婉君則得到了最佳效果獎。我想這是因為在他們唱完之後，胖虎就一把抱起婉君走下台的關係吧。

　　「好棒！」思淳一下台，小孟馬上抱著她。

　　「太讚了，我就知道妳一定會拿到第一名！」婉君也衝過去抱著思淳。

　　「對啊，太棒了太棒了！」

　　Hobo 本來也衝過去想抱思淳，婉君跟小孟同時瞪了他一下，Hobo 只好裝做沒事一樣鼓掌。

　　「一定要好好慶功一下！」婉君說。

　　「不會吧！」我慘叫。

　　又要慶功？我簡直快哭了。

　　後來我很堅持的一定要捧著我買的那束花去吃飯，走在路上大家的眼神讓我覺得我好像外星人一樣。

　　最值得慶幸的，是這次的慶功宴是思淳請客，看著思淳揮舞著手上裝著第一名獎金的紅包袋，我差點興奮地把手上捧著的花吃下去。

　　那束花後來被我作成壓花，現在還躺在書架上的金庸小說裡面。

　　十五朵百合，我只留下一朵作紀念。其他的十四朵，有十四分之十三已經不知道在哪裡了，扣掉我自己留著的那朵，剩下的那一朵我送給了一個人。

　　我送她這朵壓花之前，她是圓心，我只是圍繞著她的線。

　　沒有交集。

＊＊＊＊＊

　　期中考剛過，陰天。

　　還沒開始考試就開始計畫考試結束的活動，考試前一週筆記考古題在校園裡面飛來飛去，平常沒什麼人的教室和圖書館變得人聲鼎沸，有時候甚至會出現幾個畫面。

　　「同學，可不可以問一下期中考的範圍？」

　　「你是我們班的嗎？」

　　這麼荒謬的事情，還真的發生過。

　　還好不是發生在我身上，不過苦主跟我同一個寢室，就是阿振。

　　「那為什麼你這麼悠閒？」

　　當我這麼跟蔡亞如說的時候，她這樣問我。

　　「有嗎？我覺得我每天都過得很充實啊！」

　　「我每次看到你都悠哉悠哉的啊！」

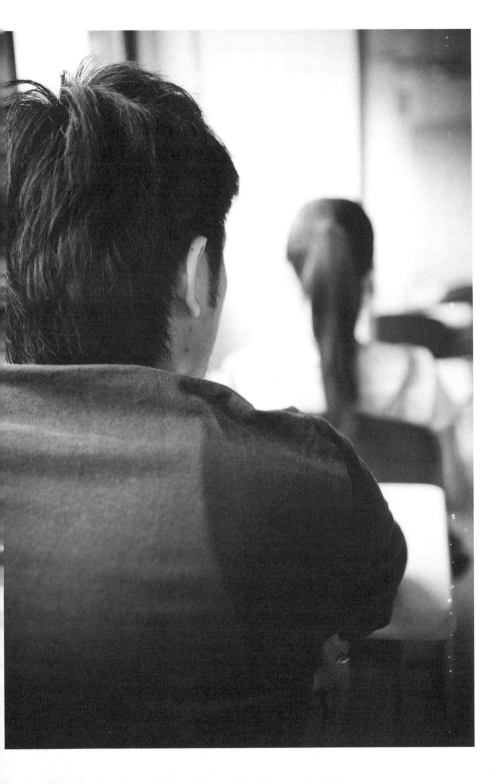

「可能是我這個人比較處變不驚吧。」

「你很不要臉耶。」

期中考結束,陰天。

接到她的電話,她只簡單的告訴我,「改天」到了。當然,來電顯示告訴我,打電話給我的是「改天要請我」,我當然不會忘記。

「大學生好像很快樂喔。」

「嗯,看妳從哪個層面來解釋。」

「有哪些層面,你說說看啊。」

在她工作的便利商店附近,人潮並不算多,所以咖啡店裡的人也少得可憐。

「嗯,如果算上我們辛苦奮鬥了國中三年,然後被國中老師誆說考上高中一切都自由,結果考上高中繼續奮鬥三年,聽著高中老師整天炫耀他們年輕時候的大學生活,我想大學生是有權利和義務墮落的。」

「可是,看你好像整天都很快樂啊,那不是很值得嗎?」

「不過這種快樂是必須建立在良好的筆記管道跟考前熬夜的地獄裡啊!」

「我還是很羨慕你。」

她玩著吸管,轉啊轉的,把冰拿鐵都濺到桌上。

「那妳呢,妳為什麼不繼續升學啊?」

「我啊,」玩吸管的手停下來,「我在存錢。」

「存錢？妳存錢要幹嘛？」

「我想繼續讀書啊，可是我沒有錢。」她說，「我存夠了錢，我想出國唸書。」

存錢，出國唸書？

「真的喔，那妳想要念什麼科系啊？」

「我喔，美術設計吧，我喜歡畫畫。」

「妳會畫畫喔，好厲害耶。」

「我只是喜歡畫畫而已啦，」她笑著，「畫畫的時候，我才像自己。」

「會畫畫真的很厲害耶，我到現在只會用一個圈圈加上五條線畫一個人。」

「呵，哪有那麼笨的！」

為了存錢出國念書，蔡亞如高職畢業就到便利商店打工。我沒有詳細地詢問細節，不過大概是因為她的家裡沒辦法負擔她讀大學的費用，所以她只好自己存錢，完成自己的夢想。

那我呢？一天過一天，我的夢想是什麼？

「那……找一個時間，跟我們班上的同學一起出去玩好不好？」

「你在約我嗎？」

「嗯……」我抓抓頭，「算吧。」

「那我考慮一下。」

這是我第一次主動開口約她。

「有傳說中，會咬著婉君跳火圈的胖虎喔！」我說，她拚命的笑。

「還有又高又帥還欠錢不還的阿振喔！」我繼續說。

「別忘了有流浪漢的首腦每次都被胖虎秒殺的Hobo喔！」我絲毫不放棄。

她一直笑著。

陰天帶給我的不舒服好像被她的笑容抵銷了一樣。

「你猜我現在在想什麼，猜到我就答應你囉！」

「我怎麼猜得到妳在想什麼啊！」

「爲什麼不能？」

「不可能有人會知道另外一個人在想什麼的嘛！」

「誰說不可能，我就可以。」

「眞的假的？」

「不信嗎？我跟你玩一個小遊戲。」

「什麼遊戲？」

「心電感應的遊戲，如果我猜到你在想什麼，你要怎麼辦？」

「我……我，我就請妳吃大餐！」

「好，你說的喔！」

她把手放在我的手上，我感覺到心跳加快。她的手冰冰的，手指頭很細，很漂亮，很冰。

「請你閉上眼睛。」她說。

「好。」

「請你從一到九選一個數字,」她握起我的手,「只能選一個,並且要記住。」

「好,我選八。」我說。

「笨蛋,不可以說出來啦,重新選一個。」

「喔,好,我選了喔。」

記憶告訴我,我那時候選的是「九」。

「你把那個數字乘以三。」她捏了我的手一下,「不可以說出來喔!」

「好了。」九乘以三是二十七。

「好了嗎?再把它乘以三。」

「還乘啊!」二十七乘以三是……八十一。

「好了沒?」

「等一下。」我想再確認一次。

「大學生的數學都像你那麼差勁嗎?」

「我只是驗算而已嘛。」我說,「好了好了。」

「好了嗎?再乘以三。」

「又乘?」我忍不住把眼睛睜開,「妳不會是在耍我吧!」

「眼睛閉起來!」她用力捏我的手,「趕快算啦!」

「喔,」我開始後悔選這麼大的數字。

「好了。」八十一乘以三等於兩百四十三。

這麼大的數字,到底要幹嘛?我實在想不透。

「好了嗎？那現在睜開眼睛，看著我。」她說。

「好了。」我看著她。

「現在，把這個數字的個位數字，加上十位數字，如果有百位數字也加上去。」

「啊？我不懂。」

「譬如十九，就一加上九，這樣懂了嗎？」

「喔……」兩百四十三，二加四加三。

「好，現在，把這個數字減五。」

「嗯。」二加四加三減五，等於四。

「然後乘以八。」乘以八等於三十二。

「再加上九十八。」三十二加九十八等於一百三十。

「然後再乘以四。」一百三十乘以四等於五百二十。

她微笑地放開我的手。

「你現在在心裡一直想著這個數字，要一直想著喔！」

「我一直在想啊！」五百二十、五百二十、五百二十……

「然後，眼睛再閉上。」我慢慢地閉上我的眼睛。

「答案是不是……」我感覺到一個冰冷的觸感在我的額頭上，「五百二十。」

正確答案！

「哇！妳怎麼知道的？」我猛地睜開眼睛。

「呵呵，」她笑著偏著頭。「這是心電感應，代表我厲害！」

「哇！我跟妳有心電感應耶！這是不是叫做心有靈犀，嗯……心有靈犀……」

「心有靈犀一點通啦！」

「對啦，我就是要說那個啦！」

「笨死了！」她笑著說，「你現在相信我知道你在想什麼了吧！」

「我相信了，我相信了。再試一次好不好？」

「不行，我發功會很累。」

「真的喔？」

「假的啦！那就再試一次啊，我一定要你心服口服。」

我換了一個數字，結果還是被她猜到我心裡的數字是什麼。

我一直很懷疑這個遊戲的真假，但是其實被亞如猜到我的心也不是什麼壞事。只是我還記得，第一次跟她玩這個遊戲的答案，是五百二十。

期中考結束那天下午，就是我跟她的改天。那天是陰天，我準備回宿舍的時候，天開始下起了毛毛雨。

那天我還是沒有帶雨衣，但是我記得帶皮夾，不過那天的咖啡錢我還是只付了我自己的那一份。

「你沒有工作，所以你比較窮，下次再讓你請吧！」

我還是沒有成功的請她。但是，她卻請我一個下午的開

心，還有一個不可思議的心電感應。第一次玩那個遊戲，答案
記得是五百二十。

　　我記得是五百二十。

　　那天我的手機電話簿又有了更動。
　　「改天要請我」改成「我是有錢人」。

第
7
章

「什麼是極光啊？」
「是一種很浪漫的東西。」
是一種，
比所有的禮物都還要浪漫的東西。
這是亞如告訴我的。
不知不覺的，我好像也受到亞如的影響，
想找一個可以陪我去北極看極光的人。

　　我要的只是一張入場券，可惜的是，我一直都不清楚我自己是什麼樣的一張票。就像一張被捏爛，或者像是放在口袋裡忘了拿出來的票根一樣，在洗衣機裡頭不停地被翻攪，然後渾身破碎。

　　這一天晚上的宿舍空無一人。

　　放在門邊，靠著牆角的百合花雖然還是散發著香味，但是已經沒有花苞，而花朵也慢慢地開始枯黃。

　　花了我九百多塊的一束花，最後只能這樣靠在牆角。花不會像狗一樣，發出低沉的「嗚嗚」聲，讓我去注意到他的存在，於是我差點忘了牆角躺著我的九百塊。

　　那麼，也不善於發出聲音，引起人注意的我呢？是不是也會像這個難得安靜的寢室裡面的百合花一樣呢？

　　「你這麼心無旁鳥的在幹嘛？」

　　不知道什麼時候，背後出現了胖虎的聲音。嚇死人。

　　「白痴喔，是心無旁鶩啦。」我回頭，「我在做壓花。」

　　「做壓花？」

　　「對啊」我轉回頭，「這麼好的花，不要浪費了。」

　　「那這些咧？」胖虎把手放在我肩膀上，「這些都不要了嗎？」

　　「嗯，不要了。」

　　「為什麼？」

　　「因為這些花瓣都已經不完整了。」

我一邊用鐵尺輕輕地修整花瓣的邊，一下一下慢慢地壓，讓花瓣更加整齊。

「今天沒出去？」胖虎的國語標準了很多。

「對啊，不知道該去哪裡。」

我把花壓在書裡，闔上書，「今天晚上去哪裡比賽啊？」

「比賽什麼？」

「神豬大賽。」

有些事情是理所當然的，例如胖虎絕對不會去參加神豬大賽，我也絕對不會在說了這句話之後有很好的下場。因為神豬大賽的入場券在我手上，我被胖虎秒殺之後，當場屁股離開椅子躺在地板上呈現神豬的狀態。只差嘴巴沒有咬著一顆橘子或者鳳梨。

Hobo跟阿振一起回來的時候，全身都溼透了，而我正在跟胖虎研究我的嘴巴裡面究竟是咬著鳳梨比較恰當，還是含著榴槤比較有震撼力。我想最有震撼力的，大概是我的嘴巴裡咬著胖虎吧！

我這麼說完之後馬上變得比神豬還要像神豬。

讓我跟胖虎停下動作的，是阿振大力地把背包甩到桌上的聲音，一回頭只看見兩個人都攤坐在椅子上，雨水從頭稍不停地滴下。

「怎麼了？」

當我開口之後，胖虎也走回自己的座位，看著他們兩個。

「皮夾不見了？」胖虎說。

「摩托車被偷？」我說完，Hobo馬上拿筆丟我。

阿振站起來，拿了一條毛巾，走出寢室；Hobo的手撐著臉，靠在膝蓋上不發一語。

「你們去哪裡發生什麼事了？」

「對啊，」胖虎跟著說，「幹嘛都不說話啦！」

空氣裡面的安靜，有的時候會讓人覺得連灰塵掉落地面都會發出聲響。

我把桌上壓著花的書收到書架上，打開電腦讓音樂嘩啦嘩啦的從喇叭裡面流出來。

一直到Hobo也拿著臉盆走出寢室，一直到胖虎的電話響。

「發生了什麼事，你知道嗎？」

「不知道啊。」

「那你剛剛跟婉君講電話這麼久都沒問她？」

「對喔，我忘記了耶。」

「我真的輸給你了。」

「那是代表我贏的意思嗎？」

「對啦，你贏你贏啦。」

Hobo回到寢室之後，兩眼無神地坐著發呆。

「喂，發生什麼事？」

Hobo看了我一眼，沒有說話。

「蕭蕭，怎麼了啊？」

Hobo用中指插進我的鼻孔，還是不說話。

「育欣，你告訴我嘛！」

「你少噁心了。」Hobo說。

胖虎在一旁笑倒，從外面回來的阿振一邊拿毛巾擦頭髮，也順便用手肘捶了我一下。窗戶外頭的雨聲越來越小，但是還是下著雨。

這一場雨好像改變了什麼，又好像只是單純的讓人淋溼。

「十乘十，八乘八，大便石頭壓。」Hobo說。

「什麼意思？」胖虎問。

「猜啊！」

「你數學不好？」我說完馬上又一支筆丟過來。

「礬（煩）啦！」Hobo說。

「煩什麼？」

「因為下雨。」

「下雨有什麼好煩的？」胖虎也問。

我喜歡下雨天，我不知道下雨天為什麼要煩。

忘記多小的時候，我喜歡下雨天。因為我可以穿雨鞋。

「當你原本打算要去看電影，遇到下雨不能看的時候就會知道什麼叫做煩了。」

「改天去就好了嘛。」胖虎說。

「就是要今天啊。」

「爲什麼？」我說。

「因爲今天是生日。」Hobo面無表情說著。

「誰的生日？」

「我的初戀。」

然後……

「初你老木啦！」阿振扁了Hobo一下，「今天是小孟生日啦，這傢伙打算趁今天跟思淳告白。」

小孟生日，我不知道。完全不知道。

「Hobo你是白痴喔，什麼你初戀的生日。」胖虎笑著說。

「那是因爲他準備了很多東西，花也訂了，所以在怨嘆啦。」

「那……那你呢？」我問阿振。

「我什麼？」

「你幹嘛這麼悶？」

阿振走到窗戶邊，往外頭看了一看，把窗戶關上。

「你有沒有遇過一種狀況，當你敲門的時候，對方不僅把門鎖上，還告訴你這裡沒有門？」

「什麼意思？」

「門都沒有。」阿振說：「就是門都沒有。」

別讓我一個人撐傘

門都沒有的，應該是連生日都不知道的人吧。

*****

Hobo跟我說，小孟生日那天因為下雨思淳不想出門，但是阿振還是約了小孟，聽到這裡我覺得心痛痛的。

不過，小孟好像跟阿振說，她沒有過生日的習慣。從來沒有。然後兩個人就在雨中騎著車子回宿舍。

「你們怎麼知道那天是小孟的生日？」

「因為我是神算子。」

我給Hobo一拳。

「因為小孟跟阿振說的啦。」

小孟跟阿振說的，我卻連跟小孟說話的機會都沒有。更不會有機會知道她的生日。

「那你知道思淳的生日嗎？」

「不知道。」

「那你也很遜嘛！」

Hobo給我一拳。

那一天之後，阿振晚上留在寢室的時間變長，也不知道是不是因為找他打麻將的朋友最近轉性了，還是因為小孟的關係。更奇怪的是，阿振竟然會還我錢。

我問Hobo他原本的告白計畫，但是我一問完就開始後

悔，因為我差點學胖虎把桌上的電腦扔過去。Hobo那一套完全是老掉牙噁心兼且沒有衛生，更誇張的是，他還說得臉不紅氣不喘，連眼睛都不眨一下。

「我會跟她說，妳的腿一定很累。」

「然後咧？」我說，「是不是要說因為她已經在你腦中跑了一整天？」

「才不是這麼老套咧，」Hobo眼中閃著自信，「我會說：『因為每天被兔子追著跑一定很累。』」

「然後你會被她一個過肩摔丟到太平洋去餵海怪。」

「廢話，我當然不會這樣說啊，我又不是白痴。」

「還有什麼嗎？」

「我會請她借我一塊錢。」

「幹嘛？丟她喔？」

「豬頭喔，當然是打電話給中央研究院，跟他們說我親眼看到仙女啊！」

「不是跟他們說你看到外星人，他們才不會鳥你咧。」

「喂，你浪漫一點好不好？」

這樣噁心白爛也叫做浪漫，胖虎還體重過輕咧。

「關我屁事啊！」

我說完之後很快的被胖虎丟到門口餵食Hobo的臭鞋子。

「你有訂花喔？」我問。

「有啊，」Hobo得意地說，「我訂了二十朵康乃馨。」

　　「康乃馨不是送媽媽的嗎？」

　　「你懂什麼，我就是打算要跟思淳說，她像我媽媽一樣偉大啊！」

　　我突然覺得，還好那天有下雨。

　　「我原本還想問她知不知道那天爲什麼會下雨。」

　　「爲什麼？」

　　「當然是因爲老天爺對她流口水啊！」

　　「是喔，我還以爲是老天爺看到你這麼蠢，哭了咧！」

　　Hobo把厚厚的原文書丟過來之前，我機靈地一個閃身把課本接住。

　　書本用一個很不可思議的弧度，在空中翻開自己的身體，露出裡頭密密麻麻的英文字，但是在落地之前卻又整齊的撫平所有的內容，好像一切都沒發生過，只是從Hobo的桌上，到我的腳邊，然後被彎腰的我接住。

　　這是課本的軌道，如果省略掉中間飛行的那段，它是完美的降落的。

　　那我的軌道呢？

　　也許是我跟Hobo聊天太大聲，也可能是阿振想上廁所，我把書還給Hobo的時候，阿振走出寢室。在Hobo用腳踹我之前，我發現從剛剛就開始講電話的胖虎，一手掩著手機，表情有點怪怪的。

然後，胖虎拿著電話走出寢室，剩下我和Hobo兩個人。

「其實我知道，我大概沒機會的。」Hobo說。

「什麼沒機會？」

「告白啊。」

「我還以為你是說把思淳嚇哭的機會，那你一定有。」

Hobo對我笑了一下，感覺他的笑容有點苦，有點無奈。

「我是說真的，我大概沒機會吧。」

「幹嘛幹嘛，都還沒行動就先洩氣了，這不像神算子的作風啦！」

「我不是在跟你開玩笑，真的。」

「不會啊，我不覺得你會失敗。」

「喔？你真的這麼想？」

「對啊，你都還沒試過，就想放棄喔！」

「也不是啦。」Hobo拍拍我的肩膀，「愛情是現實的。」

「你又知道？」

「有時候，現實是很殘酷的。」

愛情應該是浪漫的，我堅持這個信念。

「只是，我想要嚐嚐看愛情到底有多殘酷。」Hobo說。

「不要亂說。」我說，「我相信愛情是浪漫的。」

「相信它是浪漫的又如何？」

「相信的心，會變成力量。」

「嗯。」Hobo拍拍我的肩膀，然後……

「乖喔，等你長大就不會這樣說了，去吃藥，乖！」

「長你個大蘋果啦！」

相信的心，會是力量，但是，要晚一點長大。

*****

在我下這個決定之前，我在買便當回宿舍的路上遇到思淳。她跟我同一個方向，頭低低，的走路速度快得讓我差點把手上的便當丟過去才可以叫住她。

便當一個五十塊。這是我沒有丟出去的原因。

「好巧！」我拍了她肩膀一下，「回宿舍嗎？」

「沒有啊，嗯，遇到你真好。」

「喔？」

她從背包裡頭拿了一個東西出來，遞到我的眼前。

「這是什麼？」

「幫我拿給育欣。」

「哇！」

那是一個紅色亮面的包裝紙包著的東西，纏住它的緞帶上面還綁了一個愛心，還有一封牛皮紙顏色的信壓在緞帶跟禮物中間。

「這是禮物嗎？」

「是。」她把背包拉鍊拉上,「是禮物。」

「哇哇哇!」

她把東西交給我之後,很快地轉過頭去。

「幫我還給他。」

那一天的下午空氣是透明的,跟平常一樣。

也許有人會問我,有哪一天的空氣不是透明的嗎?有,當然有。當陽光照射在空氣中的時候,空氣就不是透明的,可以看到空氣中的灰塵,好像也可以看到空氣中的希望一樣。

「你有沒有遇過一種狀況,當你敲門的時候,對方不僅把門鎖上,還告訴你這裡沒有門?」我想起阿振說過的話。

「思淳,妳要回宿舍了嗎?」

「怎麼?」

「沒有。」我看著左手的便當跟右手的禮物。

「你要送我回宿舍嗎?」

「也沒有啦。」宿舍很遠耶,我的便當會冷掉耶!

「那我就先謝謝你囉!」

這是我這輩子第一次被人「霸王硬上弓」。而且還是個女孩子。「霸王硬上弓」應該是這麼解釋的吧!但是我還是拎著我的便當,拿著要還給Hobo的禮物,走往女生宿舍。

「思淳同學,」我用禮物拍拍思淳的肩膀。

「嗯?」

「妳肚子會不會餓?」

「你要請我吃飯嗎？」

「也沒有啦。」我舉起手裡的便當，「我已經買好了。」

「嗯嗯。」她又轉頭回去，綁成馬尾的頭髮上沾了一點點雨滴。

「思淳同學，」

「怎麼？」

「妳，」我把禮物拿到她面前，「妳把這個拿回去好不好？」

雨越下越大。往女生宿舍的路上，思淳從背包裡拿出一把粉紅色有愛心圖案的雨傘看著我。

「你先回去吧！下雨了呢。」

「妳……妳把這個拿回去好不好？」

「下雨了呢，」思淳說，「你的排骨飯會變成排骨稀飯喔！」

「沒關係。」

我在思淳的單人傘旁走著，雨嘩啦嘩啦得下。我擠不進思淳小小單人傘的範圍，Hobo也是。

「喏！」在女生宿舍門口，我把禮物遞給她。

「為什麼一定要我拿回去呢？」

「因為這是Hobo的心意，妳還給他他一定會很難過。」

「如果，我收下他卻還是難過呢？」

「他很喜歡妳。」我說，「他真的很喜歡妳。」

「所以呢？所以我應該收下這個禮物？」

「嗯⋯⋯我不知道怎麼說，可是我真的希望妳先把這個禮物收回去。」

她收起了傘，撥撥頭髮上的雨珠，我才發現我全身都已經溼透了，連手上的便當是不是真的變成排骨稀飯都不知道。

「下雨了，傘借你，我要進去了呢。」

「思淳同學。」我把禮物在她的面前晃一晃：「這個東西我先幫妳保管，妳需要的時候跟我說一聲。」

我最後拿著思淳的傘走回宿舍，拿著，但是沒有撐開。

雨漸漸停了，我全身也早溼透了，一個全身溼透的人拿著雨傘走路，拍成廣告那個牌子的雨傘肯定賣不出去。我用衛生紙把思淳的傘擦乾淨，放進背包裡頭。隨便咬了兩口排骨，我發覺冷掉的排骨飯其實也挺好吃的，至少比冷掉的雨水排骨稀飯好得多。

我把Hobo的禮物塞在衣櫃的最角落，然後用衣服一件一件的覆蓋上去。在思淳拿回這個禮物之前，我要好好的保管它。

然後，思淳的傘一直在我的背包裡。

*****

「為什麼要我陪你去？」

「因為我不知道怎麼買禮物，尤其是買女生的禮物。」

「那你可以找你媽媽陪你去。」

「拜託啦……」

「好吧，你等一下過來載我吧！」

「謝謝妳，謝謝妳，我一定會請吃大餐的！」

「好，不過你說要請我吃大餐已經很久了耶……」

「下次，下次一定會請妳的！」

把亞如的電話掛上之後，我期待得不得了。

然後我發現一件事。我不知道要去哪裡載她。

「又怎麼了？」我又撥了一通電話給她。

「嗯……我要去哪裡載妳啊？」

「我家啊！」

「喔。」

「你現在可以出發了。」

「好。」

「嗯……」

「嗯。」

「你在嗯什麼？」

「我……」

「快說啊！」

「我不知道妳家在哪裡耶。」

然後，我欠亞如的大餐加一，因為她必須騎車到便利商店去等我。

「可是不知道妳家不是我的錯啊！」我抗議。

「不知道我家不是你的錯，但是我要騎車到便利商店等你，需要大餐彌補。」

「我怎麼覺得這樣有點不公平啊！」

「那好吧，你自己去買禮物吧！」

「好好好，大餐加一，都是我的錯。」

我終於學會了。千錯萬錯，都是我的錯，怎麼樣都不會是女生的錯。

男孩子，記住了。

決定要買這個禮物之前，我並沒有辦法確定我為什麼要買，要買什麼。好像一個洗澡洗到一半因為沒有熱水慌慌張張從浴室裡頭跑出來的人一樣。雖然後來我知道，我不只是慌張地衝出浴室。我還忘了圍上一條浴巾。

赤裸裸的，把我的感覺攤開來。

雨剛停的午後是舒服的。

我在便利商店的門口等著亞如，揣測著我應該買下什麼禮物。因為這份禮物不是給別人，是給小孟。

我作這個決定之前，其實完全沒有想過要買禮物給小孟，不僅因為小孟的生日已經過了，還因為突然買個禮物給她，感覺有點怪怪的。然後，我遇到了思淳，從她手中接過了要退回給Hobo的禮物。

　　我想到那天晚上寢室裡，Hobo告訴我他大概沒有機會。沒有人比我更清楚Hobo對思淳的感覺，除了Hobo自己以外。

　　只是我不知道，Hobo在等待的，是證實自己在愛情中失敗的時刻。

　　我並不希望這樣，所以我幫思淳保管禮物，不想退回給Hobo。如果喜歡一個人的心也可以退回，不知道應該退到哪個地方去。因為自己的心早已經被喜歡跟在乎的感覺充滿了，放不下任何一點難過跟失望。

　　但是我相信。而且，相信的心會變成力量。

　　我跟亞如在市區逛了許久，走得腳都痠了痛了，我還是拿不定主意。

　　「我覺得這副耳環很可愛啊！」

　　「可是我不知道她有沒有戴耳環耶。」

　　亞如轉過身來敲了我的頭一下：「買項鍊也不好，耳環也不要，買娃娃又說太幼稚，那你到底要買什麼嘛？」

　　「呃……我也不知道。」

　　「我的口渴了啦，我要休息。」

　　「喔，好，那我買個飲料給妳喝。」

　　然後，在完全沒有徵求我同意的狀況下，我們走進了一間咖啡廳。氣氛不算好，人雖然不多，可是有一桌看起來像是大學生的人大聲地說著話。

　　「天快黑了，你趕快決定要買什麼禮物啦！」

「喔……」

亞如拿著吸管攪著飲料。

「如果有人要送妳禮物，妳最想收到什麼？」我問。

「我？」

「對啊，妳想收到什麼禮物？」

「我要……鑽石！」

我很想把桌上裝著飲料的玻璃杯吞下去。

「我、我買不起啦！」

「那……我要一棟房子！」

我很想把桌上裝著飲料的玻璃杯「讓她」吞下去。

「嗯……我還是買不起，有沒有比較廉價一點但是質感很好的東西？」

「廉價但是質感很好的東西？」

「對，就是不貴，但是看起來很棒的東西。」

亞如對我笑了笑，沒有說話。

我突然發覺，今天的她好像有點不一樣。但是又說不出個所以然。

「其實，只要是我喜歡的人送我的東西，哪怕只是一個飲料罐的拉環，我也會把它當作鑽石戒指一樣收著。」

「可是……可是我不知道她喜不喜歡我啊！而且……」

「那不重要，我覺得你只要有心，她一定會感受到的。」

「真的嗎？」

「真的。」

最後我什麼也沒有買，因為真的不知道該買什麼。

回到便利商店的門口，我把車停在亞如的白色摩托車旁邊，還記得她的車叫做小兔。

「今天謝謝妳，抱歉讓妳陪我這樣跑來跑去，結果什麼也沒有買。」

「沒關係，那你到底要送她什麼？」

「我還不知道，不過我記住妳的話了。」

「什麼話？」

「有心最重要啊！」

「對，就是這樣。」

亞如把背包放進車箱裡，戴起安全帽。

「那我就先回去囉，最近天氣不穩定，你也趕快回去吧免得下雨了。」

「好，謝謝妳，我一定會請妳吃大餐的。」

「不要只是說說而已啊！」

「會啦會啦，一定會的。」

小兔又一次在我面前放著白色的屁，亞如對我揮手。

「掰掰。」我把口罩戴上。

「嗯，掰掰囉。」

這一條路的燈光不是很足夠，有點暗。晚上的風吹過來有點冷，就算把外套拉鍊拉到最上面，風還是會無所不用其極的

從各個角落灌進我的身體裡面。

　　我跟著白色的煙霧，一路騎著。

　　「你怎麼會在這裡？」亞如拿下安全帽吃驚得看著我。

　　「我？呃……」

　　「你跟蹤我？好可怕喔！」

　　「不是啦，我不是跟蹤妳啦！」我緊張地搖手。

　　「好啦，我知道啦，笨蛋，」她停好車子，「妳幹嘛跟著我回家啊？」

　　「我也不知道。有可能是因為晚了，有可能是因為我有點無聊，有可能是因為我想聞小兔的屁，也可能是……」

　　「最好你會想聞小兔的屁。」她一邊笑一邊說。

　　「也不是啦，我是怕我如果再不知道妳家在哪，下次我又要欠妳一次大餐。」

　　「是這樣喔。」

　　她對我笑了一笑：「你的手機借我。」

　　「又借妳？」

　　「對啊。」

　　「啊！」

　　「幹嘛？」她的視線離開我的手機，抬頭看著我。

　　「我終於想到了。」

　　「想到要買什麼了嗎？」

　　「不是，我想到妳今天哪裡怪怪的了。」

「我今天怪怪的?」她低頭看著自己,「有嗎?哪裡?」

「不是啦,是妳今天有一點不一樣。」

「哪裡不一樣了?」

「化妝,」我指著她,「妳今天有化妝對不對?」

「笨蛋。」她又低下頭去。

「對不對嘛!」

「沒有啦,笨死了,哪有人這樣跟女生說話的!」

「喔,不可以這樣跟女生說話喔。」

她把手機遞給我,我收進口袋裡面之後,她笑著看著我。

「你知道嗎?」

「不知道。」

「我又還沒說!」她敲我一下。

「就是因為妳還沒說我才不知道啊!」

「笨死了,我是說,你知道我最想要的禮物是什麼嗎?」

「不知道耶,什麼啊?」

「我想要,」她的眼睛好像會微笑,「我想要有人陪我去看北極的極光。」

「什麼是極光啊?」

「是一種很浪漫的東西。」

是一種,比所有的禮物都還要浪漫的東西。這是亞如告訴我的。

不知不覺的，我好像也受到亞如的影響，想找一個可以陪我去北極看極光的人。我希望那個人，會是小孟。

廉價但是有質感的東西，就是那一個「心」。

*****

「你那麼早起來是要吃蟲喔？」Hobo從床上爬起來對我說。

「你才吃蟲咧。」

「在幹嘛？」

「沒事，你不要吵我。」

等到Hobo躺回床上去，傳出打呼的聲音以後，我的工作也差不多要結束了。凌晨的寢室，Hobo胖虎正在打呼，阿振沒有回來。聽Hobo說，阿振最近在打工，不知道是什麼原因。

整個寢室只有書桌上的日光燈的光線，好像也只有我一個人還醒著。

我有的，只有一顆心。所以我要把這顆心的力量，清楚地讓小孟知道。雖然我連怎麼把禮物拿給她都不知道。

我看著桌上的小鏡子，發覺頭髮又長了，應該要修剪了。我的郭富城髮型陪伴了我好多年，一直捨不得改變，現在不知道為什麼想把它剪短。

是不是，什麼東西在改變？

是我的心，我走的路，還是開始化妝的亞如？我慢慢發現自己的軌道越來越模糊，越來越不是我知道的方向。

「哈囉！」

「嗨，思淳同學。」

後來我打了電話給思淳，這是我唯一想到可以把禮物交到小孟手中的方法。

「找我有什麼事嗎？」

「喔，其實沒什麼事啦，」我拿出禮物，「這個……」

「這個是什麼呢？」

「嗯，這是禮物。」

她拿著我的禮物仔細地端詳了好一下：「你要送我？」

「呃，其實是要送給小孟的，」我抓抓頭，「聽說前幾天是她的生日。」

「你怎麼知道的？」

「阿振告訴我的啦。」

「呵呵，你好有心喔，還會送禮物呢。」

「那是因為她生日嘛，這不算有心啦，」我看著她，「平常送的禮物，才是真的有心吧，我想。」

「你為什麼不自己拿給她呢？」

「嗯……因爲，」我突然覺得臉很燙，「因爲我不知道怎麼聯絡她。」

「禮物這種東西，還是親自交給她會比較好喔。」

「我會不好意思啦。」

我原本想把壓在金庸裡頭的百合花送給小孟，但是因爲壓時間不夠久，不，應該說根本才壓沒多久，這樣就把它當作禮物只能算是一個笑話。而且是看一眼就會笑到不可遏止的那種笑話。

我在凌晨的書桌前，用白色的棉紙一次又一次的試驗，一次又一次的嘗試。先把紙裁成花朵的形狀，然後壓邊，拿原子筆的筆蓋在花朵上修飾出像花瓣的紋路一樣。

我花了整整三張八開的棉紙，試了不知道幾次，只知道當我關了燈，準備稍微補眠的時候，垃圾桶像下雪一樣的塞滿了棉紙。這種隱藏的用心是沒有辦法看見的，但是我準備了更久的眞心總有一天可以親手送到小孟的手上。那是我用心做出來的壓花，是眞正曾經有過生命的壓花。

但是，必須要時間。

見到小孟的時候，我緊張地感覺好像冬天拿冷水沖到腳上，一股熱氣一股腦兒地往頭上衝上來似的，腦門轟轟地響，也可以聽見自己的心跳聲。

這一天的女生宿舍門口，也許是難得沒有下雨，人有點多，男的女的，還有公的母的。

當然，公的母的是指小狗。

「小孟。」我喊了一下。

「是你啊！」

我走了過去，小孟撥了一下頭髮的樣子很迷人。

「你怎麼會在這裡呢？」

「我有東西要拿給妳。」

「喔？要拿東西給我？是禮物嗎？」

「對。」

我看著瞪大眼睛的小孟，也很懷疑自己為什麼有直接說出口的勇氣。或許，我也想看看愛情到底有多殘酷。

我把手上的禮物拿給小孟，我忍不住想起Hobo把禮物拿給思淳的時候，是不是跟我現在一樣的表情，或者他又是什麼樣的心情。

小孟接過我的禮物，拿在手上看了一會兒，然後把它遞回給我：「我不能收你的禮物。」

「為什麼？」

「因為我不知道為什麼要收啊！」

這幾天一直都下著雨，好像已經成了慣例一樣地下著。難得不錯的天氣，雨後的空氣微涼，我的視線不敢在小孟身上多停留一秒。

「生日快樂，這是我自己親手做的，送給妳。」

「親手做的？」

「雖然不是什麼貴重的東西，但是我想妳會喜歡的。」

「爲什麼你確定我會喜歡？」

「因爲那是世界上唯一的一個禮物，也只有妳有。」

當空氣凍結住的時候，我多麼希望今天只是愚人節，我只是跟小孟開個玩笑，然後今天一過，什麼事都沒有，什麼話也沒說過。

就是這種怯懦的個性，我發覺這樣子繼續怯懦下去未嘗不好。只是，我可能會失去一個向自己證明的機會，也可能得到的只是遺憾和後悔。

「謝謝你。」

小孟收下了我的禮物，對我笑了笑。

「希望……希望妳會喜歡。」

「裡面是什麼？」

「嗯，是我親手做的壓花，不過不是眞的壓花，是我用棉紙做的。」

「你會做壓花？眞的看不出來唷。」

面對之後的機會是百分之五十，放棄之後的成功率是零。

這是小時候表哥勸我繼續跟他打大老二的時候說的話，那時候我選擇繼續面對之後，是把壓歲錢全部賠光光。

這一次，我賠上了我的勇氣。

「其實，我還做了另外一朵眞正的壓花，可是現在還沒有做好，等到做好了，我會把它送給妳。」

「你對我這麼好，真的有點讓我驚訝呢！」

「其實，嗯……」

「其實什麼？」

「其實妳知道嗎？妳笑的時候，比不笑的時候好看多了。」

「那我不笑的時候很醜囉？」

小孟微微地噘起嘴巴，作勢要把手上的禮物丟掉。

「不會啦，不過妳不笑的時候，感覺比較酷，比較不敢讓人靠近。」

「是嗎？那你今天怎麼敢靠近我呢？」

「因為，因為我想祝妳生日快樂。」

「就這樣？」

「還有……」我考慮了一下。

「我希望有一天我可以把真正的壓花送妳，我一直很期待那一天。」

「其實，我一點也不期待，」小孟說，「因為……」

　　天空不哭了，思淳的傘還在我的背包裡面，我用衛生紙擦得很乾淨。

　　我跟亞如花了一個晚上的時間，沒買到任何禮物送給小孟，最後我自己親手做了壓花給她。除了思淳跟亞如，阿振跟胖虎或者是Hobo都不知道我要送生日禮物給小孟，這好像只是我心中一個甜甜的決定，又或者只是一種傻氣的浪漫。

　　沒有亞如口中的北極極光，也沒有汽車洋房單顆美鑽，沒有中了樂透頭獎的彩券，沒有什麼價值貴重的東西。有的，只是我的努力，還有我想表達的一切一切。

　　還有……

　　「下次你可以教我做壓花，這樣就不必一直送我壓花了。」小孟說：「對了，雖然你這麼做有點傻氣，而且我生日已經過了，但是我還滿感動的，謝謝你。」

　　我的壓花有公的，母的，還有，專屬於妳。

第
8
章

單人傘下面的天空，只能有一個人。
另外一個人擠進這片小小的範圍，都要淋溼肩膀的。
而我，正慢慢地擠進單人傘的天空下，
也慢慢地淋溼我的肩膀。
我，沒有發現。

我剪了頭髮。

算一算郭富城的髮型至少陪了我十年，從我國小六年級開始，國中沒有髮禁，高中，然後大學。突然剪掉自己熟悉的頭髮，感覺有點怪怪的，除了不習慣，還多了一點傷感，還有一點點的無奈。

天下沒有不散的筵席，我看著設計師一刀一刀結束「它」的生命的時候，不禁鼻頭一酸，差一點要淚灑髮廊。但是！我是堅強的，我是勇敢的，我不會因為離別而溼了我的衣襟，不會因為改變而亂了我的方寸，更不會因為設計師無情的「喀嚓」聲迷惑了我的決定。

所以，我當下決定要寫一篇「送髮賦」給我親愛的郭富城髮型，順便盡量把臉朝向南方（也就是香港的方向）遙遙對郭富城致意。

「你是智障。」Hobo說。

「你沒有救了。」在我旁邊剪頭髮的胖虎說。

「你們懂什麼！」

在旁邊看的Hobo搖搖頭。

唉，正所謂「別人笑我太瘋癲，我笑他人看不穿」啊！

「你這兩天好像很High喔！每天都不見人影，去哪了？」胖虎問我。

「跟你說你也不會懂的。」我沒有忘記繼續遙望南方向郭富城致意。

那一天晚上，我好像收到了全天下最好的消息一樣，興奮得簡直睡不著覺。我躺在床上翻來覆去，就是找不到方法讓自己可以冷靜下來。

這一天是我的天，這是國中時候英文課教的，我到現在還記得。

「Hobo，你覺得我是不是有才華？」那天晚上我問 Hobo。

「有啊，有一點才華。」

「例如咧？」

「例如會在我 Paper 寫不完又很想睡覺脾氣很火的時候吵我睡覺。」

我當場踹了天花板一腳。當然不是我的腳那麼長，是 Hobo 剛好睡在我的上舖，我踹一腳剛好往他的方向。

「你不懂得啦。」

「懂什麼？」Hobo 給我一個國民禮儀活動手指運動。

就是中指。

「你那天不是說愛情是殘酷的嗎？」

「對啊，怎樣？」

「我覺得不會喔。」

「靠你是在發春喔，現在快要冬天了啦，快去冬眠。」

「不是啦，我覺得愛情沒有那麼殘酷。」

Hobo 從床上探頭下來看著我好一下子。

「你……」Hobo 斜眼看我，「你該不會是退出沒女友俱樂

部了吧？」

「什麼俱樂部？」

「靠，就是沒女友俱樂部啊！」

「我什麼時候加入的？」

「剛剛。」

「有嗎？那所有成員有幾個？」

「兩個，你是團長，我是團員。」

我拿我的臭腳給Hobo聞香，被他擋了回來。

「沒有啦，我只是單純否定你的說法而已。」

「拜託，男人靠晚禮服的三圍決定晚上陪他的女人，女人看車子的鑰匙MARK決定小孩的父親是誰，這已經是不變的法則了，你還想解釋什麼？」

「我覺得不可以這麼想，這樣想太偏激了。」

「那你怎麼想？」

「我覺得，只要堅持，相信的心會變成力量。」

然後Hobo馬上躺回床上去還故意發出打呼聲。是的，他完全不鳥我。

「喂，我是說真的啦。」

「好啦，快睡啦，」Hobo說，「能夠當流川楓，誰會想當櫻木花道。」

那天晚上，Hobo最後說得這句話讓我想了很久。明明灌籃高手裡面櫻木花道才是主角啊，為什麼不當主角呢？隨著胖

虎規律的打呼聲，我往胖虎的地方看去，阿振最近忙著打工，一回來就躺下去睡了。

阿振就像是流川楓吧！

那，誰是櫻木花道？是Hobo嗎？

不過我確定，胖虎一定是那個幫櫻木花道加油的那個好朋友——胖胖的嘴唇很厚的高宮望。想到這裡我忍不住看著胖虎笑了起來。

「誰是流川楓啊？」

這是我跟亞如這樣說的時候，得到的回答。

「流川楓是一個打籃球的。」

「喔！麥可喬丹？」

「嗯，類似啦，類似。」

「真的嗎？」

「對，流川楓是劉德華的弟弟。」

「你少騙我。」然後我被瞪了一眼。

我在電話裡跟亞如說了小孟對我說的話，亞如開心得蹦蹦跳跳。

當然蹦蹦跳跳只是形容詞，因為她上班打收銀的時候蹦蹦跳跳會把所有客人嚇跑。

「你禮拜六有空嗎？」

「禮拜六嗎？怎麼？」

「嗯……我突然很想吃大餐。」

「喔，妳吃大餐跟我有空有什麼關係？」

「因為如果你禮拜六有空，我就可以吃大餐。」

「此話何解？」

「有唯一解。」

「嗯，妳的數學不錯。」

「然後……這個答案只有一個。」

「很好，你可以當數學老師。」

「那謝謝你囉。」

「不必客氣，稱讚妳是我的榮幸。」

「那禮拜六下午四點，就這樣囉。」

「這次不要又不讓我出錢囉！」

「哇！難得你這麼乾脆耶！」

當我一直以為我自己是流川楓的時候，我完全沒有發現，流川楓不是主角。而主角的故事總是浪漫的。

我不是主角，那麼我的故事呢？

單人傘下面的天空，只能有一個人。

另外一個人擠進這片小小的範圍，都要淋溼肩膀的。而我，正慢慢地擠進單人傘的天空下，也慢慢地淋溼我的肩膀。

我，沒有發現。

*****

　　就算記憶固執的存在著，但是很多事情會被記住，很多事情卻怎麼也忘不了。Hobo 在我眼前哭的那天晚上，是我認識他以來感覺最接近他的時候。

　　這一天晚上的宿舍，胖虎不知所措地站在一旁，阿振依舊不知道在哪裡打工或者打麻將，我的電腦螢幕開著，喇叭傳來一陣一陣流行歌曲。

　　我和胖虎都沒有說話，我們不知道發生了什麼事情，也不知道 Hobo 為什麼這麼難過。但是我和胖虎都很有默契地不說話，靜靜等著 Hobo 幾乎歇斯底里的痛哭，好像一個晚上要把身體內所有難過所有不開心一次掏空一樣。

　　相對於女人而言，男人這種動物是沒有「情緒崩潰」這種生物現象的。

　　情緒崩潰簡單的說，就是在其他人面前嚎啕大哭。

　　男人的軟弱，只有兩種解讀方式。一個，叫做逞強，另一個，叫做堅強。沒有第三種。

　　「想聊聊嗎？」我試探性地開口。

　　「發生什麼事了？」

　　沒有回應，是最糟糕的回應。

　　現在的 Hobo 非常的讓人擔心。

　　Hobo 始終沒有開口告訴我們發生什麼事，好像手機打不

通時語音傳來的「您的電話將轉接到語音信箱」一樣，差別只是，我們沒辦法在「嘟」一聲之後留言，而這通電話，就這樣一直沒有掛斷。

「喂。」

「喂！我是詹仲凱，在忙嗎？」

「沒有呢，怎麼嗎？」

「妳……妳知道Hobo發生什麼事了嗎？」

「育欣嗎？他怎麼了？」

我大概把事情敘述給思淳聽了之後，我證實了我的猜測是錯誤的。我以爲思淳直接的拒絕了Hobo，結果顯然不是這樣。

哭得累了的Hobo，躺在床上不發一語，我跟胖虎也沒說話，一直到阿振回來，寢室裡面的空氣都是不尋常的。

「剛剛，家裡打來電話，說，蕭媽媽病倒了。」Hobo終於開口，哽咽著。

那天晚上，阿振買了兩手啤酒。我們在寢室裡，想要藉著酒精的力量，讓Hobo暫時忘記不開心。Hobo是單親家庭，父親很早就離家出走，聽說是欠了不少錢，家裡的生計都是靠蕭媽媽一個人。

「蕭媽媽已經很辛苦了，可是，老天爺眞的，很不公平。」

Hobo開了一罐啤酒，咕嚕咕嚕地灌了幾口。

我們沒有說什麼，也不知道怎麼安慰他，只是一罐接著一罐的打開啤酒，捏扁啤酒罐，然後陪著Hobo。

「我要回去照顧蕭媽媽，我要回去照顧她……」

他睡著前，嘴裡不斷地喊著。

隔天早上Hobo醒來之後，好像昨天晚上的事情只是一場遊戲一場夢一樣，完全想像不到昨天晚上難過的樣子。

但是，有些事情的確在改變，而且已經改變了。

「你決定要回家一趟？」

「會吧，過幾天。」

上課前我問Hobo，他若無其事的回答我。不知道為什麼，我想到了在我衣櫃裡頭藏著的禮物。那是Hobo要送給思淳的。

下課以後，我用我最快的速度飛奔回宿舍，從衣櫃裡翻找出那個紅色包裝紙裝著的禮物，塞進背包裡。

「思淳，妳在學校嗎？」我撥通電話。

「我在宿舍旁邊的餐廳，怎麼了？」

「妳等我，我馬上到。」

我把電話掛上以後，不知道哪裡來的力氣，讓我這個體育課每次都會被老師白眼的人，用這麼快的速度跑著。

「這個。」我把禮物拿給思淳。

「這個？」她看著我。

「這個給妳，妳把它收下。」

「可是……」

「沒有可是了，」我一邊喘著，「Hobo現在正是最難過的

時候。」

「我收下能改變什麼嗎？」

我一邊調整自己的呼吸，一邊坐到思淳對面的椅子上。直覺告訴我，有些話現在不說，可能就沒有機會說了。

「什麼都不能改變，但是妳可以改變一個人的心情，那個人是Hobo。」

「他怎麼了？」

我把Hobo的事慢慢一五一十地告訴思淳，思淳的表情顯得很沉重。

「凱子，你知道嗎？」思淳告訴我：「有入口，就會有出口；有鎖頭，就會有鑰匙。」

「但是，我不是那把鑰匙，這樣做幫不了他。」

「不，妳可以的，至少可以讓他的心情好一點。」

「可是，現在的我並不是他心情不好的原因。」

「那我拜託妳好嗎？拜託妳，現在的他真的很讓人擔心。」

「凱子，你人真的很好，你是一個好人，他有你這樣的好朋友真幸福。」

「真的很幸福。」她說。

思淳收下了那份禮物，雖然連我自己也不知道這樣會對Hobo帶來什麼幫助。但是，思淳應該是那個鑰匙吧，Hobo心中的鑰匙。至少我是這麼認為的。

這張入場券的時效過期得太快太突然，一切都在一個眨眼

之間就改變了。或者，其實它正慢慢地改變，只是我們不自覺
而已。

*****

可以當流川楓，誰會想當櫻木花道？

我想到 Hobo 這樣跟我說，心裡總是有點怪怪的。

兩天後的早上，我還在半夢半醒間 Hobo 就把我搖醒。

「陪我去走走，好嗎？」

那天早上的學校裡面有點涼，空氣溼溼的，好像昨晚經過
了一場雨。這葉子上有雨，花瓣上有雨；地板上有雨，我的心
裡也有雨。這一陣雨來得無聲無息，卻沖刷掉了太多的感情。

我跟 Hobo 走在學校裡。

這是最後一次，我和他一起在校園裡漫步。每次不是趕著
上課跑得跟狗一樣，就是兩個人一邊鬥嘴一邊打鬧。又或者，
是一邊被胖虎追殺。

這麼安靜地相處，是第一次，恐怕也是最後一次。

「我要回嘉義去了，我要回去照顧蕭媽媽。」

「那學校呢？」

「我已經休學了，不過我想，我大概不會回來了吧。」

「嗯。」我低著頭，「不回來了啊！」

清晨的學校是安靜的。我們聽得到彼此心裡面雨的聲音。

「我東西都已經整理好了，車票也買好了，我等等就要走

了。」

「這麼突然？不先跟他們說一聲嗎？」我也很驚訝。

「不了，」Hobo對我笑了笑，「不必驚動他們。」

天又雨了。捨不得的感覺在心裡蔓延開來。

「下雨了，我們回去吧，我也要走了。」

寢室裡，Hobo小心翼翼地收拾著所有的東西，在這之前，Hobo已經利用好多天的半夜獨自一人把東西慢慢地整理好。

我坐在床沿，看著Hobo收拾的動作，好像看著什麼東西正在墜毀一樣。

「喂，下雨了。」我說。

「我知道。」

「有沒有雨傘？」

Hobo拿出那把十二支骨節有一半以上都已經斷了，而且明明是黑色還裝作自己是綠色（其實是發霉）的傘，對我笑了笑：「當然有。」

「這還可以用嗎？你真的不改流浪漢的本色耶。」

我們小聲的交談，連笑都小聲的進行著。因為，Hobo不想面對感傷的場面。

「啊！」

「靠腰啊，啊屁喔！」

Hobo罵我的聲音，還是這麼讓人討厭。不過，不知道以

後有沒有機會聽到。

　　我拿出背包裡放著的愛心花紋單人傘，交到Hobo手上。

　　「你這個變態，竟然用這種傘！」

　　「這不是我的。」

　　「那是誰的？」

　　「是思淳的，」我說，「她要我送給你的。」

　　Hobo拿著傘，看了好久，珍而重之地把傘打開，然後再把傘闔上。

　　「送我傘啊……」

　　「喂，不是那個意思啦！」

　　「我知道啦，你幫我謝謝她，」Hobo笑著，「我會好好保留這把傘的。」

　　我一路送他到門口，路上一句話也沒說。我撐一把傘，他撐著思淳的那把傘。我們手上都只有單人傘。

　　「喂，保重啊。」我說。

　　「災啦！」

　　「不要隨地大小便啊！」

　　「靠！」

　　臨走前，我捶了他一記L棒。就是一個拐子，手臂的形狀因為是L型的，所以Hobo管他叫做L棒攻擊。

　　「有空可以打電話給我。」

　　「我一定不會打，你放心。」

我拿傘旋轉甩出水，噴到他身上。

「喂，再見。」

「掰掰，記得幫我跟思淳說謝謝。」

思淳聽完我的話，楞在當場說不出話來。

「他最後要我告訴妳，真的謝謝妳。」我說，「妳不會介意我把妳的傘給他吧！」

思淳一直沒有回答我的問題，只是呆在那裡不說話。過了許久，思淳慢慢地打開背包，拿出那個紅色包裝紙的禮物，然後當場拆開。

「原來是這樣。」思淳喃喃自語。

紅色包裝紙的裡面沒有裝著單顆美鑽，也沒有裝著一張中了樂透頭獎的彩券。裡面只有一本筆記本，裡面不知道寫了什麼，思淳一頁一頁的翻開來。

「他就這樣回家去了喔？」亞如問我。

「對，休學回家照顧媽媽，然後負擔家計。」

聽到我講的這句話，亞如突然當機了一下子，一直到我拿手在她眼前晃了半天。

「怎麼了？」

「沒事，沒事。」

「喔。」

「我只是覺得，都沒有看過他，只聽說過而已，然後以後

大概都沒機會見到他，有點可惜。」

「是啊，」我說，「其實他是一個很有趣的人。」

亞如的表情始終怪怪的，然後跟我說了一句今天身體不舒服，就急忙地走出餐廳。

「喂，怎麼了？」

「我沒事，突然不舒服，改天再給你請。」

亞如騎著小兔離開的動作讓我愕然，好像突然間抓不住手邊的東西一樣。

筆記本上面寫得全是Hobo認識思淳以來，每天對思淳的感覺。一五一十完整透明的用Hobo醜醜的字寫上去。

我懷疑的是Hobo到底是利用什麼時間偷偷寫下這麼噁心的東西，而且他的字還真的有夠像被狗咬過一樣的醜。

思淳一邊看，一邊用手撐著下巴，一下子不知道在思考著什麼，一下子面無表情的翻著筆記本。

「我前幾天有約育欣吃飯。」思淳說。

「然後呢？」我嚇了一跳。

「他拒絕了。」

「拒絕了？」我簡直不敢相信。

「對。」

他現在不能思考問題，尤其是關於自己感情的問題。現在的他，只能好好的去過生活，好好的做他該做的事。

「我是最沒有資格,也沒有能力談愛的人。雖然我很喜歡妳。」電話裡面,Hobo是這樣跟思淳說的。

思淳一邊告訴我,眼眶紅了起來。但是思淳並沒有在我的眼前掉下眼淚,只是不停地,不停地翻著筆記本。

「妳今天怎麼了呢?哪裡不舒服嗎?」
「沒有,我沒事啦。」
「看妳這個樣子我很擔心。」
「沒事,只是有點不舒服而已。」
「我今天又沒請到妳了,怎麼辦呢?」
「沒關係,那就下次吧。」
「又下次喔?」
「對啊。」
「好吧,我隨傳隨到。」
「你說的喔!」
「嗯,我跟妳打勾勾!」

回到家我打電話給亞如,沒有約下次請她吃大餐的確實時間。其實我大概猜想得到,Hobo的事讓她想到了自己,想到了自己也必須放棄學業打工幫助家計,所以才會難過。

亞如還沒有教我怎麼安慰女生,所以我不知道怎麼安慰她。不過我知道,這樣開朗的女孩子一定沒事的。

忘了說,我的手機電話簿裡,亞如的那一欄。

「愛上極光的女孩」。

**我們的手上都只有單人傘，撐著傘，
那是我們的天空。**

*****

每個人的心裡都會有一塊斑駁的角落，好像密閉的金字塔一樣讓人窒息。寢室裡，這一塊斑駁的角落，是屬於Hobo的。我們心裡都自動的把它空了下來。

阿振跟胖虎非常不能忍受我當天沒有把他們叫醒，胖虎甚至動用私刑，而阿振只是很單純的嘆氣。

認識這麼久了才發現，我們一直沒有Hobo的手機號碼，甚至連他到底有沒有手機都不清楚。更不用提他家裡的電話了。這一個風箏的線很長，長到我們沒辦法跟風箏清楚地見面。

阿振把打工辭掉，回宿舍的時間越來越頻繁。有時候下課回到宿舍，還會看到阿振一個人坐在桌子前面發呆。

「最近怎麼了？」我問阿振。

「沒有啦，」阿振說，「胖虎咧？」

「大概又去約會了吧。」

「真好。」

「真好？」

阿振狐疑地看著我。

「幹嘛？」

「沒有啦，只是……」我說，「你也會羨慕別人喔！」

「什麼意思？」

「我一直覺得，你又高又帥，女生緣又好，一定是大家羨慕你，你應該不會羨慕人才對。」

「你真的那麼想？」

「百分百這麼想。」

「百你老木啦！」

阿振長長地吐了一口氣，把電腦的喇叭關起來，椅子轉了個方向，反坐著看著我。

「其實也沒有你想像得那麼好，」阿振說，「有時候女生會嫌我感覺太花心，有時候會說我看起來不夠穩重，有的更覺得我只有一張嘴。」

「只有一張嘴？」

「對，就是只會說好聽的話。」

「喔，我還以為是說你像中年以後的男人只剩一張嘴。」

然後我被一支筆命中。

「可是我很少看你失敗啊，我是說對女孩子。」

「那是你看到的，你沒看到的可多了。」

「可是我還是很羨慕你，你應該就是主角那一種的吧。」

「什麼主角？」

「就是大家注意的人啊！」

「這樣子有什麼好，到最後還不是像我現在這樣。」

「我覺得很好啊！」

「太多戀愛機會就會像我這樣，找不到自己的最愛。」阿振說，「誰會想跟我換？」

「我想。」我這樣跟阿振說。

「謝謝你啊。」阿振站起來，拍拍我的肩膀。

「我是說真的。」

「好啦，我知道啦。」

然後阿振倒頭就睡。

我幫阿振把電腦關掉，收拾了一下桌子。阿振的書桌在Hobo的旁邊，現在空空的感覺多了一點寂寞。少了一個人的寢室總是覺得冷了一點，不知道是不是我的心理作用。

我坐在書桌前，從書架上把金庸小說取下來。壓花已經好的差不多，但是我還是覺得不夠滿意。如果再久一點，應該會壓得更漂亮些，應該會更漂亮。等到壓花好了的那一天，我一定要約小孟出來，親手把這朵壓花交給她，然後教她怎麼壓花，怎麼做壓花。

「你在幹嘛？」阿振不知道什麼時候又爬起來出現在我背後。跟鬼一樣。

「被你嚇死，這是壓花啦，我之前自己動手壓的。」

「你真娘娘腔。」阿振說，「壓花可以幹嘛？」

「可以做紀念啊，你知道這花是什麼時候的嗎？是上次歌唱比賽我留下來的。」

「喔，是喔！」

「對啊，壓花可以代表對一段時光的追憶，也代表時間的證明。」

「那麼囉唆。」

「不會啦，壓花代表的是永恆，是踏實喔。」

「誰告訴你的？」

「有的是書上寫的，有的是我自己掰的啦。」

「無聊。」

我把壓花翻出來給阿振看：「我一共壓了兩朵，一朵要送人的。」

「喔，送給誰啊？」

「嗯……」

「不說算了。」

「送給一個女孩子。」

阿振看著壓花，對我點點頭。

「是送給小孟嗎？」

我大吃一驚。

「你怎麼知道？」

「那你加油。」

「啊？」

　　阿振關了燈，走回床上。胖虎還沒有回來，只剩下我的檯燈亮著。

　　「她身邊的追求者太多，但是，她都沒有接受。」阿振躺在床上：「包括我。」

　　「這……這是代表……」

　　「我已經放棄了，我現在在追我以前打工地方的同事。」

　　「喔，所以你才會去打工？」

　　「誰這麼無聊，我是順便追一下的。」

　　追女孩子也可以順便的，這傢伙真是……

　　「那小孟……」

　　「你有沒有圓規？」

　　「現在沒有，幹嘛？」

　　「你拿圓規在紙上畫一個圓，會出現什麼？」

　　「一個圓啊，不然會跑出一隻烏龜喔！」

　　「對，那我問你，圓的中心是什麼？」

　　「一點。」

　　「不對，用圓規畫的圓心，中間不是一點。」

　　是一個洞。

　　圓規的中心點，是用一根針，在紙上取一個中心點，然後以那個點為圓心，畫成一個圓。

　　「她就是那個洞，你永遠猜不透她到底在想什麼。而你，終究也只能圍繞在她的身邊。」

終究只能圍繞在她身邊？這是什麼意思？

「爲什麼？」

「你想知道嗎？」

「嗯。」

「我也不知道，」阿振說，「我只知道，她跟我說過一句話。」

「什麼話？」

「她不愛了。」

這一天晚上，胖虎沒有回來，Hobo也離開了寢室。好像也有什麼東西飛出了我的身體。我不知道。

她只是個圓心，而我，畫不出她的圓。

第
9
章

我發現，
我似乎不一定要勉強自己，
撐著一個人的雨傘。
我還有雨衣。
愛上極光的女孩給我的雨衣。

時間是2003年12月5日。天氣，還是雨。

我發覺時間越過越快，一個禮拜過去的感覺只像二十四小時一樣。我記住這一個日期，是因為這是我第一次接到小孟的電話。

這一天的第一次。

「喂，」那個時候我正吃著中餐。

「我是小孟，」電話裡傳來讓我把滷蛋吃進鼻孔裡的聲音，「來救我。」

忘記多小的時候，我喜歡下雨天。

因為我可以穿雨鞋。

穿雨鞋有什麼好讓人開心的？

我也不知道。

不過我依稀記得，我小時候最喜歡看的電視節目是「太空戰士」，裡面的戰士都是穿著好像雨鞋一樣的鞋子，所以我覺得如果我要當太空戰士，最需要的就是一雙像樣的鞋子。

像「太空戰士」一樣的鞋子。

所以我國小的時候，非常喜歡下雨天。大概就是因為可以穿雨鞋去學校吧。

我現在腳上沒有雨鞋，只有一雙Nike球鞋，而且鞋底快被我磨平了。不過我知道，當「太空戰士」不需要雨鞋，因為我已經長大了，我可以保護我應該保護的人，為了我心中的那個

人而戰鬥。

　　禮拜五，隔天就是週休二日連續假期，接近傍晚時分卻看不見夕陽。

　　只有雨、雨、雨。

　　我連買件輕便雨衣的時間都沒有，拿了鑰匙衝上摩托車。

　　「我的摩托車被拖吊了，我的皮包證件都放在車箱裡面，不知道怎麼辦，只有打電話給你了。」

　　「嗯嗯，沒關係。」

　　小孟等我的地方，其實離學校有一小段距離，真的要徒步走回學校，沒帶雨傘的小孟大概會淋個落湯雞。尤其今天小孟穿著一身白色的套裝，嗯嗯。

　　我發誓我沒有任何邪惡的念頭，只是想提醒女孩子下雨天出門不要穿白色衣服，碰到水會比較容易引起歹徒的壞念頭。

　　「哇，你怎麼沒穿雨衣？」

　　「我想趕快過來啊！」

　　「那我們要淋雨回學校嗎？」

　　國中國文課本，孔子在跟顏回聊天的時候，顏回說：「不貳過。」

　　我後悔沒有好好地學習偉大的孔老伯伯的思想，因為……

　　「我、我忘了多帶一頂安全帽。」

　　「你又忘了帶？」小孟笑著搖頭，「那現在怎麼辦呢？」

　　第一次見到小孟的那次聯誼，我到現在還可以很清楚勾勒出那天我期待的心情；那一天，我忘記多帶一頂安全帽。那一天，我很羨慕阿振，很難過自己總是像空氣一樣沒辦法引起女孩子注意，那一天，我還是留郭富城的髮型，那一天，我認識小兔，也認識小兔的主人——亞如。

　　「等我一下，我有辦法。」

　　「什麼辦法？」

　　美少女戰士會幫助我的。距離不會很遠。

　　「那我呢？」小孟問我。

　　我左右觀察了很一下子，前後左右車子不多，行人不多，流浪狗也不多，天上飛的小鳥不多，我皮夾裡面的錢不多……最重要的，現在時間不多。

　　附近沒有警察，我拍了拍後座：「先上來。」

　　記憶中，這是我第三次載小孟，第二次忘了戴安全帽而違反交通規則。

　　「亞如，妳可不可以借我安全帽？」

　　「現在？」

　　「對，我在門口。」

　　「你又忘了帶安全帽囉！」

　　「對啊，可以嗎？」

　　我回頭看了坐在摩托車上的小孟，正用衛生紙擦著頭髮，我全身都溼透了，但是我一點都不介意。

因為，我可是太空戰士！

亞如走出來，我好像看到美少女戰士降臨人間一樣，急忙衝過去：「拜託了。」

「好啦！」

亞如看見了小孟，回頭看了我一眼。

「她是……」

「是小孟。」

「喔，原來啊……」

我拿了亞如的黑色安全帽遞給小孟，小孟知道這是亞如的安全帽之後，對亞如笑了笑：「謝謝妳。」

「不會的。」

「謝謝妳，我晚點拿過來還妳，謝謝妳。」

「你等我一下。」

「啊？」

我眼前的畫面不是朱自清的爸爸，肥肥胖胖的身軀，爬下月台撿橘子，這麼感人的畫面；也不是牛郎織女一年一次相會的時候，那種迫不及待快速飛奔的鏡頭。同樣是很快的腳步，亞如這時候的動作卻讓我有點不知道該說些什麼，或者，什麼都不必說。

「喏，拿去，把它穿上，你真的笨死了。」

「喔？」我接過她手上的輕便雨衣，兩個。

「我都已經溼透了，沒關係的啦。」

「你真笨得要死，你沒關係，女生有關係啊！」

「對喔。」

我穿上了亞如給我的輕便雨衣，小孟也是，離開之前我再三跟亞如說謝謝。穿上雨衣的我，此刻正像是我小時候幻想的「太空戰士」，載著小孟回學校宿舍，我很開心。

就算小孟只是不知道該打電話給誰才打給我，我還是非常開心。

可是，我那時候好像一直都沒有發現，我不是誰的太空戰士，我保護不了任何人。因為，我是被保護的。

穿著雨衣。

送小孟回家的時候已經天黑了，雖然這麼說有點愚蠢，因為霪雨綿綿的今天很快就像天黑一樣。胖虎取笑我是脫褲子放屁，全身都溼透了還穿什麼狗屁雨衣。

我沒有說什麼。稍微沖洗過後，換上了乾淨的衣服，回到寢室之後，我接到小孟的電話。

「今天謝謝你喔！」

「不會，不會。」

「那……我請你吃個飯好了，你上次不是說要教我做壓花嗎？」

「對，好啊……」我回頭看了胖虎一眼，「可是……」

「怎麼？你想拒絕我？」

「不是啦,什麼時候?」

「就六點半吧,你到我宿舍這邊。」

「好。」

這是我第一次單獨跟小孟出去,雖然只是簡單的一頓飯,沒有什麼多餘的東西,但是我還是很高興,因為距離我把壓花送給她的日子,好像又靠近了些。

我簡單敷衍了阿振和胖虎,快步走到小孟宿舍的時候,我的肩膀因為雨傘不夠大稍微淋溼了。這是我新買的雨傘,因為之前傘在跟Hobo去吃飯的時候被弄壞了,這是我新的單人傘。

令我意外的,我原本以為思淳會跟著一起來。

「是我要請你吃飯的,當然我一個人來就可以了。」小孟告訴我。

思淳跟小孟不同寢室,不過聽小孟說,思淳已經一個禮拜沒有去上課,連同寢室的人都不知道發生什麼事。

一個多禮拜,思淳都沒有開口說話。

「也許,她心情不好吧。」

「或許吧。」我回答著。

那是因為我知道為什麼,雖然我沒有看到那本筆記本裡面寫些什麼,但是我還記得,那天思淳一邊翻著筆記本,一邊咬著下嘴唇眼眶紅紅的樣子。

「今天謝謝你,謝謝那個女生。」

「嗯,應該的。」

「那個女生是……」

「就是我們第一次見面，借妳安全帽的那個女孩子啊！」

「第一次見面？」

「嗯，就是那次聯誼，我竟然愚蠢地忘了帶安全帽給妳，只好載著妳去便利商店問有沒有賣安全帽，就是那個女孩借給我們的。」

「是嗎？你們之前就認識了？」

「也沒有，那天之後才認識的，因為我必須好好謝謝她。」

「對啊，謝謝她的安全帽。」

「嗯……不只這個。」我攪弄盤子裡的湯匙，「她還幫了我很多忙。」

「真的嗎？那她真的是一個好女孩。」

「是啊！」

亞如真的是一個好女孩。

「你好像很喜歡她哦？」

「我？」我有嗎？

「不然你怎麼會藉機跟她借安全帽？」

「那是……」

「呵，你緊張了！」

「我喜歡的是……」

是妳。很想說出口，但是話到了嘴邊又停住。我終究還沒有開口的勇氣。

　　小孟的話眞的眞的非常不多，之後整頓飯幾乎就是我扒著我的飯，她吃著她的菜，沒有什麼多餘的交談。

　　我很厭惡自己這麼口拙，但是卻一點辦法也沒有。就好像我很想灌籃卻摸不到籃框一樣。我是不是眞的，只是圍繞在她身邊的圓？

　　「小孟，妳還喜歡那個壓花嗎？」

　　「還不錯，你的手眞巧。」

　　「嘿嘿，阿振常常說我是娘娘腔。」

　　「不會啊，這樣的男生也不錯。」

　　「妳眞的這麼認爲？」

　　「嗯。」

　　然後又是要命的沒話題。

　　送小孟回宿舍的路上，雨下得更大了些，感覺鞋子好像快要溼掉，溼氣悶在襪子裡頭的感覺不舒服。

　　悶著，悶著，很不舒服。我不想這樣悶著。

　　「妳的話不多耶。」

　　「是嗎？」

　　「嗯。」

　　「不知道該講什麼。」

　　「我……我也是。」我眞的是。

　　女生宿舍門口，雨嘩啦嘩啦。

　　我們一個人撐一把傘，光線從宿舍裡面透進來，卻看不清楚裡頭的景色。不過還好看不清楚，否則女生宿舍門口每天都會有男同學在這裡排隊領號碼牌。

　　「今天謝謝你。」

　　「不會，妳已經說很多次了。」

　　「呵，」小孟退到屋簷下，「可惜你不能進女生宿舍。」

　　「啊？」不、不會吧！

　　「我想你或許可以安慰思淳一下。」

　　聽到小孟的話，我想她大概知道發生了什麼事。

　　「嗯，妳也知道發生什麼事？」

　　「蕭育欣嘛，我知道。」

　　「嗯，我以為妳不知道。」

　　「我什麼都知道，都看在眼裡啊。」

　　她收起了傘，那是一把淡藍色的單人傘，握把的地方是木頭做的。

　　「妳都看在眼裡，但是總覺得妳沒有參與。」

　　「什麼意思？」

　　「我一直覺得，妳只是妳自己，而我們都只是圍繞在妳身邊的線。」

　　「為什麼這麼想？」

　　「沒有交集。」

　　「我今天不就跟你有交集了嗎？」

「是這樣說沒有錯，但是……」

「但是什麼？」

「但是，妳還是不知道，其實我很喜歡妳。」

我很想這麼說，但是我沒有。

我是膽小鬼。

我在女生宿舍前，跟小孟聊了一下子。聊她，聊我，聊我剛剛說的話。她很好奇為什麼我會覺得她是圓心，我告訴她阿振也這麼想之後，她沉默了好一會兒。

「你知道我為什麼不想戀愛嗎？」

「我想知道。」

「你為什麼想知道？」

「不知道。」

張學友的「藍雨」裡面有一段歌詞：「離別要在下雨天」。

雨一直下著，我揮手和小孟再見。回宿舍的路上，我一個人撐著傘，渾然不知雨早就已經停了，手裡的傘卻始終不願意放下來。

「因為愛了，終究有不愛的一天。愛會操縱我的心情，但是我不要。」

小孟說著：「而且，我要的是愛，但是我不懂愛。」

她也不懂愛，跟我一樣。

我慢慢發覺，原來我們都是不懂愛的人，卻自以為自己在愛裡面。還是，我要的只是小孟給我同情，不是愛？

我要的是愛，不是同情。不是。

懂妳多了，卻發覺自己真的越來越不懂得快樂。

*****

回到宿舍以後，我的腦筋無法運轉，渾渾噩噩中好像看到了胖虎在講電話，阿振打開電腦不知道在玩線上遊戲還是在聊天，Hobo的位置還是空的。我把雨傘隨意地放在寢室門邊，覺得頭暈暈的，不知道是不是感冒的症狀。

小時候媽媽告訴我，覺得自己好像快要感冒的時候，就喝一大杯的熱開水，然後穿暖和一點，把自己裹在被窩裡面好好地睡它一覺，睡醒之後就會好很多。

我還記得那時候我問了媽媽一句話，然後差點兒被打了一巴掌。

「可是我怕燙，不敢喝熱開水。」

我是真的怕燙，也就是俗稱的貓舌頭。

到寢室外走廊盡頭的飲水機用馬克杯裝了一大杯的熱開水，我手腳發軟的走著。男生宿舍，總是夾雜著汗水的味道，還有不知道哪一牌髮膠的味道，配合著不知道哪個線上遊戲的音樂或者是哪個歌手的新專輯。

「怎麼了，臉色這麼差？」胖虎問我。

「沒有，好像快要感冒了，休息一下。」

　　我瞥見阿振把電腦喇叭的開關關上，但是他始終沒有回頭問我一句。

　　迷迷糊糊地喝下一大口熱開水，突然發現其實自己也不是真的那麼怕燙。或者是現在我的觸覺已經被病毒入侵了，所以舌頭喪失了原本該有的感覺。然後明天我一起床，我的舌頭會長一個水泡，二級灼傷。

　　我實在不敢想像胖虎跟阿振把我的嘴巴掰開，對我實行「沖，脫，泡，蓋，送」的步驟，想著想著就覺得會有生命危險。搞不好我的嘴巴沒事，被他們這麼一搞，反而讓我的嘴巴活受罪。

　　腦袋胡亂想著事情，一團亂，好像喝醉了酒卻躺在床上無法入眠一樣的難受。頭好重……好痛……眼睛快要睜不開了。

　　隱約間，我好像感覺到胖虎在搖晃我的床。

　　隱約間，我好像聽見我的手機鈴聲在響，但是我真的沒有力氣。

　　安全帽。

　　美少女戰士。

　　雨衣，記得買雨衣。

　　「謝謝妳，我晚點拿過來還妳，謝謝妳。」

　　「謝謝妳，我晚點拿過來還妳，謝謝妳。」

　　「謝謝妳，我晚點拿過來還妳，謝謝妳。」

　　「謝謝妳，我晚點拿過來還妳，謝謝妳。」

迷糊之間，我在夢裡不斷地說著這句話。然後⋯⋯

「靠！」

當我從床上驚醒的時候，阿振回頭看著我，胖虎用手捂著電話瞪我一眼。

現在的眼皮很重，好像可以直接掉到地心去一樣重。我的頭也不遑多讓，好像有三十六個胖虎攀在我的頭上一樣。不，或者有更多的胖虎也不一定。

昏沉沉。還好宿舍還沒關門，我趕緊騎著車到亞如的便利商店去。

雨一陣一陣，一下子飄打在我的臉上，一下子沒有。我雖然知道現在情況緊急，但是我更清楚我現在的狀況，不可以騎太快。

亞如的小兔還停在店門口，但是找不到亞如的人。我到店裡晃了兩三圈，什麼東西也沒有買就出來。感覺好像在游泳池門口卻忘了帶泳衣一樣。

我在亞如的摩托車上坐著，不知道是我現在的表情很猙獰，還是我的行為舉止太怪異，大夜班的店員還不時的探頭出來觀看我的一舉一動。

「她大概先坐車回去了吧。」我心裡這麼想著。

騎車回家的路上，我沮喪的不得了，甚至一度覺得自己是一個大混蛋。至少也大得像胖虎一樣的大混蛋。

「我怎麼可以忘記這麼重要的事！」我懊惱著。

到了停車場，我把亞如的安全帽拿起來，準備回寢室去。拿起手機看了一下，才發現自己一直忘了看未接來電。

「愛上極光的女孩」來電四通。我全部沒有接到。

「你知道我最想要的禮物是什麼嗎？」亞如說。

「不知道耶，什麼啊？」我回答她。

「我想要，」她的眼睛好像會微笑，「我想要有人陪我去看北極的極光。」

「什麼是極光啊？」

「是一種很浪漫的東西。」

極光是一種比所有的東西都要浪漫的禮物，是亞如最想要的禮物。

那天我跟著她回家，在她家門口。

她現在不可能在北極看極光，除非她的小兔有裝噴射引擎還有火箭推進器，可以直接發射到北極去。我想了想，決定再繞回便利商店一次。

妳的安全帽，我要還給妳。

「哈囉，你終於來了，真是的。」

是蔡亞如。在便利商店的門口，她坐在摩托車上。

我滿懷歉疚地把安全帽遞給她，還不小心碰到了她的手。有點冷。女孩子的手，是不是都是這樣？

「嗯，妳的摩托車，白得很可愛。」

「呵呵，是啊，她叫做小兔。」

「喔喔，那我的摩托車叫做亞美。」

「咦？你也有看美少女戰士？」

「嘿嘿。」我不好意思的搔搔頭，「打發時間，無意間看到的。」

「下雨了，要小心一點喔。」

「嗯，沒關係，我有雨鞋。」

沒關係，我有太空戰士的雨鞋，沒有關係。我有太空戰士的雨鞋，我不怕。

我的腦子一片混亂，不停的想到第一次見到亞如那天，我把安全帽還給她的時候。

上一次我還安全帽給亞如的時候，我不怕，她一定會等我，我知道。我繞回便利商店，雨漸漸大了，我穿著亞如給我的輕便雨衣，車箱裡有她的安全帽，還有另外一件雨衣。

我發現，我似乎不一定要勉強自己撐著一個人的雨傘。我還有雨衣。愛上極光的女孩給我的雨衣。

這個時候，我多麼希望自己是北極的極光。

多麼希望。

*****

我生了一場大病。

後來我既沒有撐傘，也沒有穿雨衣回宿舍，我傻氣的相信一切都會很自然。自然的就像我在拍偶像劇一樣。

那一天晚上，我回到便利商店，雨下著，所有的雨都下著。天上，臉上，心裡。

亞如一個人溼淋淋的在便利商店旁的騎樓下坐著，小兔還在店門口，遠遠的，我忘掉昏沉的頭，不聽使喚的手腳，往她的方向走過去。

「哈囉，我來了。」我對亞如說。

「你終於來了喔！」

「對不起，我……」

「不要緊，沒有關係的。」

「妳幹嘛這麼傻？我電話沒接妳可以先回家啊！」

「因為你說你要過來的，我怕你找不到我。」

「妳還說我笨，我看妳自己才是真的傻到不行。」

亞如走向我，我把安全帽拿給她。

有時候，傻氣一點的感覺也很好。」

「笨蛋，要是像我一樣感冒了就不好了。」

「你感冒了？」

「有一點小感冒，還好有妳的雨衣，不然現在我大概在急診室了。」

「嗯嗯。」

我穿著雨衣，這件輕便雨衣是亞如買給我的。我的車箱裡面還有另外一件。

「穿上雨衣吧！」

「好。」

我看到，亞如的臉上下起雨。

「對不起對不起，妳不要生氣了……」我著急地說著。

「我沒有生氣，真的沒有。」

「對不起，不要哭了，對不起對不起……」

「這是雨水啦。」

「妳的眼睛會下雨喔？」

「會啊，很厲害吧。」

小兔今天原本應該沒有機會表現「白屁」神功，因為我以為我的感冒在一瞬間被亞如的眼淚治癒了。可能是因為我著涼了，身體禁不住這樣的溫度，但是，亞如的淚水很燙，一下子讓我的溫度回升了。

「我載妳回家好嗎？」

「我自己回去沒有關係的。」

「我問妳一個問題喔。」

「好。」

我戴上安全帽，口罩已經沒有存在的必要了。因為我早已經淋溼，不需要多餘的口罩阻礙我的呼吸。

口罩上沾溼了雨水，會阻礙很多東西。例如空氣，例如雨

水，例如……愛情。

「妳是不是喜歡我啊？」我問。

「你少不要臉了你。」

「我是說眞的，妳是不是喜歡我嘛？」

「才不是咧，要也喜歡阿振那種又高又帥的男生。」

「我以爲妳應該要喜歡我的。」

「我以爲你不應該這麼說的。」亞如說：「我只是覺得你的人很好，很想幫助你而已。而且，我知道你喜歡的是小孟啊。」

亞如的臉在下雨，我的心在下雨，天空卻沒有雨了。我的頭昏沉沉，好像有很多話塞在喉嚨裡，而喉嚨卻像很久沒有打掃的排水溝一樣地阻塞。連一點空隙都沒有。

「所以，妳是同情我？」

「也不能說是同情，但是感覺有點像。」亞如說：「應該是不忍心吧！」

「我要的是愛，不是同情。」我小聲地說。

「啊？」

「我要的是愛，不是同情。」我抬頭看著亞如，「我要的是愛，不是同情，妳知道嗎？」

我不知道那天晚上我是怎麼一個人騎車回家的，我眼中最後一幕是亞如把身上的輕便雨衣褪掉，讓她的小兔在我的面前噴著白色的煙，然後離開我的視線。

　　我把輕便雨衣從地板上撿起來，塞進我的車箱裡。我以為我還有雨衣，不需要自己撐著一把單人傘。結果這雨衣掉落在騎樓裡，從路邊電線桿透過來的燈光剛好照不到的地方。

　　我病了三天，也就是三天除了滾上廁所和爬去洗澡之外，幾乎沒有踏出寢室門口一步。

　　我的所有食物都是胖虎每天幫我去打理的稀飯，而且每天都是皮蛋瘦肉粥，吃到我感覺自己的臉越來越像皮蛋。

　　雖然本來就挺像的。

　　也許一定要到了某些時候，人才會覺得自己特別的孤單，特別的寂寞。對於我這種沒有文學修養體質的人來說，孤單跟寂寞是同義詞，就是很可悲的沒有人要沒有人關心。

　　即使，不知道哪一天的晚上我半夜起來，還沒有睡的阿振竟然幫我倒了一杯熱開水，方便我吃藥。

　　「我不敢喝燙的，你幫我吹涼好不好？」我對阿振說。

　　然後我更加覺得孤單寂寞。因為阿振完全不理會我，踹了我肚子一腳之後就倒頭大睡。

　　不知道在嘉義的Hobo會不會也有覺得寂寞覺得孤單的時候。一邊照顧蕭媽媽，一邊還要照顧自己，他應該很辛苦。比較起來，只是大病一場加上沒人理會沒人照顧還要被阿振踹肚子，好像也沒有那麼慘。

　　等到我恢復元氣，開始當個正常人而不是躺在床上的屍體

以後，我覺得自己像是重新活過來一樣，呼吸到的每一口空氣都覺得是充滿了生命的意義，踩著的每一吋土地都覺得是上天的恩賜。

只是，好像少了一點什麼，不知道少的是我的左腳，還是我的右手，還是什麼重要的東西，總覺得不踏實。

唯一覺得高興的，應該算是小孟真的約我教她做壓花。地點是我選的，在亞如打工的便利商店附近。但是，我卻沒有想像中的興奮。

「這邊修掉之後，要把花瓣的邊緣摺起來嗎？」

「啊！」我嚇了一跳。

「你今天有心事。」

「我？」我說：「我沒有心事啊！」

「你有。」

「妳怎麼知道？」

「你的眼睛告訴我的。」

「我的眼睛？」我趕緊揉揉眼睛。

「是我打擾到你休養的時間嗎？」

「沒有，怎麼可能！」我趕緊撇清，「可能是我還沒有完全復原吧！」

「那你必須找到幫你復原的那個藥方才行。」

小孟一邊說著，一邊把東西收拾乾淨：「下次再教我吧！」

找到幫我復原的那個藥方？

是不是那個時候思淳說的開鎖的鑰匙？或者是那個出口？

「小孟。」

「嗯？」

「妳相不相信我跟你有心電感應？」

「呵呵，當然不相信啊！我跟你怎麼會……」

「那……妳從一到九選一個數字，不要告訴我。」

「一到九？」

「對。」

「好了。」

「妳把那個數字乘以三。」我看著小孟，想著……

「好了嗎？」

「嗯。」

「再把那個數字乘以三，再乘以三。」我說：「乘三次。」

「等等唷，」小孟說：「好了。」

「現在，把這個數字的個位數字，加上十位數字，如果有百位數字也加上去。」

「什麼意思？」

「就是如果這個數字是六十八，就把六加上八。」

「喔，我懂了。」

「好了嗎？」

「嗯，好了。」

「好，現在，把這個數字減五。」

「然後乘以八，好了嗎？」

「好了。」小孟說：「到底要幹嘛啊？數學能力測驗嗎？」

「等一下就知道。」我說：「再加上九十八。」

「嗯。」

「然後再乘以四。」

「乘以四……好了。」

我看著小孟。這個心電感應，會不會就是我的那把開鎖的鑰匙？

「把妳的手給我。」

「要幹嘛？」

「放心，我不是要吃妳豆腐。」

「喔。」

小孟的手也很冰，應該所有女孩子的手都一樣冰，需要一點熱情來融化。

「妳的心裡，現在要不斷地想著這個數字，要一直想，一直想唷！」

「喔。」

「現在，把妳的眼睛閉起來。」

我看著閉著眼睛的小孟，想到系際盃排球賽，從她手中拿到的愛心飲料，那天我們去唱歌，我第一次聽到思淳的歌聲，是多麼的動人多麼的好聽，那個時候的Hobo簡直跟失心瘋一樣的又叫又跳，我的目光始終只有停留在小孟的身上，而小孟

的目光，則不知道落在哪個地方。

我鬆開手。

「答案是不是五百二十。」

「哇！你怎麼知道？」

「因為這是屬於愛情的心電感應，只有心中充滿了愛的人才有能力知道答案是什麼。」

「那現在你的心中充滿了愛囉？」小孟笑著：「是不是？」

「不是，當然不是。」我說，「不是只有現在，我的心中一直都充滿著愛，我相信愛，而且，相信的心，會變成力量。」

「嗯，你應該找到藥方了。」

「嗯。」

「真不錯，我很羨慕你。」

「妳也羨慕我？」

「什麼意思？」

「喔不，沒有什麼特別的意思。」

阿振說他很羨慕我，小孟也說很羨慕我，大家都很羨慕我。我卻不知道自己到底哪裡值得羨慕。

「阿振，阿振也這麼說過。」

「丁家振？」

「對，阿振也說過他很羨慕我。」我說：「雖然我不知道為什麼。」

小孟把桌上的水杯稍微往前移，一直到輕輕碰到我的那杯

水，發出了清脆的聲響之後，看著我。然後她拿起放在桌上有檸檬片的透明水壺，開始倒水在那個杯子裡。

我看著那杯水慢慢地被添滿，水進入到杯子裡不斷有氣泡往上亂竄。慢慢地添滿，慢慢地添滿，一直到水幾乎就要滿溢出來。

小孟沒有停止，繼續倒著水。

「喂！水⋯⋯水快要⋯⋯」

「噓⋯⋯」小孟舉起食指放在上嘴唇上，「你看。」

水杯裡的水滿過了杯緣，但是並沒有濺到桌上。杯面上的水呈現出一個向上的弧形，水超過了杯面卻隨著小孟停止加水的動作而靜止。

小孟停下了動作，放下透明水壺看著我。

「有些東西你以為會滿出來，但是只要不要太急，一定會很完美的。」

「那是⋯⋯那是水的表面張力。」

小孟瞪了我一眼：「拜託，不要這麼破壞氣氛，我是要你去體會我要表達的事。」

「體會？」我看了看那杯水，「體會這杯水？」

「每個人都是以為自己是滿的，所以再也加不進任何東西，當然就會滿足，但是，」小孟說，「其實還可以再加更多的東西進去。」

「但是有的時候，」小孟拿起水壺，「你以為你還可以再加

更多的東西，不知道應該滿足，就會⋯⋯」

　　小孟把水加進杯子裡，水滿了出來，原本紅色的桌巾也有一小塊暗紅色。我傻傻地看著杯子，看著暗紅一小塊的桌巾。

　　「所以，我是已經滿的杯子，還想要再加更多的東西？」

　　「不，不是你，你是還沒滿的杯子，所以我才會羨慕你，」小孟拿了一張衛生紙擦了擦桌巾，「或許我才是已經滿了的杯子，始終不知道自己已經滿了，卻還在羨慕沒有滿的杯子。」

　　滿的杯子和不滿的杯子，哪一個快樂？

　　那麼，流川楓跟櫻木花道，到底誰才是主角？我小聲說。

　　「流川楓跟櫻木？」小孟偏著頭看著我。

　　「啊⋯⋯對，流川楓跟櫻木。」

　　「主角應該是櫻木花道吧！」

　　「妳也有看過這個漫畫？」

　　「當然啊，」小孟手扠著腰，「你小看我！」

　　「不是啦，只是我覺得流川楓那麼帥，應該是主角才對⋯⋯」

　　「主角一定要長得帥？」

　　「不是一般都應該這樣嗎？」

　　「這世界上不是所有愛情故事都發生在俊男美女身上的。」

　　「可是有俊男美女的愛情故事，人們才會喜歡看啊！」

　　「也許俊男美女身上的故事特別讓人感動，但是最接近人心的，往往主角都不是俊男美女啊！」

「所以……」

「所以。」

我把我那杯水一口氣喝光，再把小孟那杯已經滿出來的水也喝光。

小孟驚訝地看著我，我下意識的抓抓頭。

「所以有的時候，我們好像也應該不要管自己到底是滿的杯子，還是不滿的杯子，杯子空了，再添水就好了，但是自己喜歡的人不在了，也沒辦法再找一個，對不對？」

「啊？」

「我找到藥方了，我相信妳應該也是吧！」

「我……」小孟別過頭，「我的藥方？」

「還記得剛剛的心電感應嗎？」我說，「答案是什麼？」

「答案是……」小孟瞇著眼睛，「答案是……」

我找到了我的藥方。

因為答案是五百二十，是五二〇。

我早就應該知道這個答案的。

然後我知道，這個藥方不是口服也不是外用，
是放在心裡的。

第
10
章

我喜歡亞如。
我記得那天，
心電感應的數字是，五百二十。
520，我愛你。
我喜歡妳，
像下雨天必須撐傘穿雨衣一樣，
無庸置疑。

我開始尋找極光。

當然不是大街小巷地找北極極光的照片，那樣子太落伍太無聊了。我要找的是，給愛上極光的女孩最棒的一個景色。

我有的真的不多，只有一雙手一個不太管用的腦袋，但是我有一顆相信的心。相信的心，始終會變成力量的。

我查了很多很多的資料，發覺除了二十世紀中以外，在這裡要找到極光簡直比要胖虎減肥還要困難。而且極光分成弧狀極光、帶狀極光、片狀極光還有幕狀極光、放射狀極光等。

我應該要到哪裡去找極光？又應該怎麼帶愛上極光的女孩去看極光？買一個狐狸布娃娃說是「狐」狀極光，買一捆膠帶說是「帶狀極光」？買機票到北極直接帶愛上極光的女孩去觀賞？還是帶她到學校視聽室借影片給她看？

「胖虎，你知不知道哪裡可以看到極光？」

「什麼極光？」

「就是北極會有的一種很漂亮的自然現象啊！」

「那是什麼？」

我發覺我錯了，我不該問胖虎的。

「你整天就只會吃，連極光是什麼都不知道！」

然後我發覺我又錯了，我不該這樣對胖虎說話的。因為當我說完，我整整躺在地板上十分鐘才可以自由活動我的四肢。

「阿振，你知不知道哪裡有極光？」

「極光？」

「對啊，你知道嗎？」

「極光我不知道，把錢花光我就很厲害，對了，說到這個，我這個月又有點困難了，凱子……」

「我有事要先出去一下，你不必等我沒關係。」

「喂，凱子……」

問這兩個人真的是大錯特錯。正當我覺得走投無路的時候，我想到了一個人。

「妳知道哪裡可以找到極光嗎？」

「你找極光幹嘛呢？」

「因為我要把它送給一個人。」

「把極光送給人？我不知道耶。」

「這樣啊！」

思淳是我最後的一絲希望，沒想到希望還是破滅了。

靠山山會倒，靠人人會老，靠自己最重要。我準備跟思淳說再見去找辦法的時候，思淳把我叫住。

「凱子……」

「你現在有空嗎？」

「現在？」

「嗯，我有事情想問你。」

我重新坐回學校餐廳的椅子上，餐廳一如往常的嘈雜，不管什麼時候幾乎都一樣熱熱鬧鬧，好像在教室裡被強迫留在肚

子裡的話一下子都跑到空氣中一般，充滿了青春的味道。

「為什麼那個時候你要把我退回給育欣的禮物還給我？」

「為什麼……」

我發覺我在不知道怎麼回答別人的問題的時候會習慣性地搔頭弄耳。而且我知道那一定很像孫悟空。

「其實我也不知道為什麼，我只覺得那個禮物就是應該在妳那裡。」

「應該在我這裡？」

「對，」我抓著頭的時候，才發現我的髮型已經變了，「我一直很相信。」

「相信什麼呢？」

「我相信愛情是現實的，但是不一定是殘酷的。」我已經告別了郭富城的髮型了。

「Hobo告訴我，他想知道愛情的殘酷，但是我不認為愛情很殘酷，」我繼續說著，「而且妳知道嗎，相信的心，會變成力量。」

「相信的心會變成力量？誰告訴你的呢？」

「太空戰士告訴我的。」我那頭亂髮現在看起來應該很像空中炸開的煙火。

「太空戰士？」

「對。」

「那我問你，你覺得我應該……」

「去找他？」

「你怎麼知道呢？」

「我不知道，我當然不知道，因爲所有的問題都應該問妳自己。」我說，但是我知道了。

「妳想去找他嗎？」

「我的傘還在他那裡。」思淳說。

我離開前，思淳沒說什麼。忘了說，飲料也是她請的。

我只看到思淳手裡拿著紅色包裝紙裡的筆記本，繼續翻著。這一頁到下一頁，下一頁，到最後一頁。我永遠沒辦法知道那筆記本裡的最後一頁寫著什麼，因爲我自己都不知道自己最後一頁的內容。但是我知道，那一頁上面一定會有極光。而我，已經想到辦法找出極光了。

我用最快的速度跑回寢室去，這時候反而很恨自己不是孫悟空沒有筋斗雲可以在一瞬間回去宿舍。

我拿了摩托車鑰匙，匆忙地跑出宿舍往停車場的方向，下樓梯的時候還不小心絆了一下。

我大街小巷不停地尋找，可以找到極光的方向。天空非常不配合的又下起了雨，我開始擔心就算找到了極光，也沒辦法給亞如看。

雨大了。

我的手裡拿著剛找到的極光，拿出亞如給我的輕便雨衣，把極光暫時寄放在車箱裡頭。

　　然後，我拿起電話，查詢電話簿。曾經是「記得買雨衣」，曾經是「我是有錢人」，現在是「愛上極光的女孩」。

　　「喂……」我緊張得像走在路上莫名其妙被狗追一樣。

　　「亞，亞如嗎？」

　　「太空戰士？」

　　「嗯，我是詹仲凱。妳現在……有空嗎？」

　　「我還沒下班。」

　　「哦。」

　　「有事嗎？」

　　「嗯，我有一個東西要拿給妳，」我抓抓頭，「不對，我有東西要給妳看。」

　　「這樣啊……」

　　「那你等我下班吧，十一點。」

　　「好，那……在便利商店門口嗎？」

　　「嗯。」

　　我穿上輕便雨衣，慢慢地不再回憶起一個人撐傘的時候。八點半，我還有時間準備，希望待會兒天空不要哭。

　　因為，極光會融化所有的眼淚。

那一頁有極光，這一夜就會有極光。

　　回宿舍的路上，我遇到小孟跟思淳。小孟的表情不大對勁，兩個人撐著一把傘，傘下的空間顯得擁擠而不安。

「小孟，思淳！」

「仲凱？」思淳表情很驚訝，「你怎麼全身都溼了？你又想重感冒了？」

「沒有啦，」我看著小孟，「小孟……怎麼了嗎？」

小孟搖搖頭。思淳皺了一下眉頭，沒說什麼。

「發生什麼事了嗎？」

「沒事。」小孟說。

「我們要去吃東西，一起來嗎？」

我看了看手錶，九點出頭。然後點點頭。

思淳把她的傘借給我，一把愛心花紋的傘，跟之前那把，也就是現在被Hobo拿去的那把一模一樣。

往餐廳的路上，我們沒有什麼交談，只聽得到雨聲嘩啦啦地在耳邊響著。我一個人撐著傘，已經溼透的身體感覺不到雨滴的溫度。

「你好像沒有下雨天帶傘的習慣哦？」到了餐廳，思淳開口問我。

「意外，意外。」我瞄了一下手錶，「小孟……」

思淳搖搖頭，小孟看著窗外發呆，我在椅子上罰坐。

「杯子空了，添再多的水都沒有用的。」

小孟突然開口，我就像看到老鼠的多啦A夢一樣。

天空繼續下雨，小孟也下雨，思淳也下雨，我嚇呆。我一個人手足無措地坐在椅子上，這輩子第一次有兩個女生同時在

我的面前哭，我除了腦筋一片空白，甚至開始懷疑自己是不是也應該合群一點一起跟著哭。

我沒學過怎麼安慰女生，我也不善言詞，這個時候的我就像是沒有經過訓練的動物遇到馴獸師一樣沒輒。或者像馴獸師遇到沒有經過訓練的猛獸一樣。

不知道過了多久，晚上的餐廳不像白天那樣吵鬧，我看到旁邊經過的人用異樣的眼光看著我，我真不知道該解釋說：「不是我，不是我……」，還是罵一句「看屁哦，沒看過女生哭喔！」又或者該裝作我只是路過不小心坐在同一桌。

這場雨下得真久。

雨聲越來越清晰，我覺得喉嚨有一點乾。

「是……發生了什麼事嗎？」

這個時候問這種問題簡直就像上課的時候老師問學生有沒有問題一樣。

「可以告訴我發生什麼事嗎？」

過了好一下子，思淳才回我的話。剛剛小孟答應了跟阿振去吃飯，回來以後小孟就是這個樣子，思淳也不知道原因。

我一邊懷疑著阿振為何突然又會主動約小孟，一邊驚訝自己竟然沒有像之前那樣的難過。只有一點點胸悶，我想那應該是因為我罰坐太久的原因。

「剛剛他又跟我說，他想追求我，要我給他機會。」

聽到小孟的話，我簡直比被雷劈到還要驚訝。

　　阿振不是在追求打工地方的同事嗎？

　　阿振不是已經放棄了追求小孟，所以跟我侃侃而談嗎？

　　「他……他說什麼？」

　　「我繞了好大一圈，找這扇門無數次，我終於知道該怎麼打開它，」聽小孟說，阿振是這樣說的，「就是不停地告訴妳，然後相信妳會打開。」

　　不只我，連思淳都很驚訝。思淳驚訝的應該是阿振說出來的話，我驚訝的是這段話是他從哪裡抄的。

　　「你說，杯子空了再添水就好了，是不是？」小孟的視線回到窗外。

　　「呃，沒錯。」

　　「如果，我把杯子打破了呢？」

　　小孟見我沒回答，又問了一次：「杯子破了，怎麼辦？」

　　「妳拒絕了，對嗎？」

　　小孟點點頭，咬著下嘴唇看著我。

　　「妳覺得杯子破了？」

　　「嗯。」

　　「那妳現在覺得很難過嗎？」

　　「我不知道。」

　　「妳現在，很難過對不對？」

　　小孟紅了眼眶，在一旁的思淳也是。或許思淳想到了什麼，或許小孟也想到了什麼。

「小孟，」我回過神，「妳的杯子沒有破。」

「思淳的也是。」

兩個淚眼汪汪的美女在我的眼前，這種場面我實在不容易想像。雖然都不是因為我哭。

「小孟，如果妳現在覺得難過，那代表妳其實知道自己想要的是什麼。」

「但是我拒絕了。」小孟說，「我不知道怎麼改變自己的做法……」

「人走了，可以找回來；」我說這句話的時候，看到思淳的眼淚一顆一顆往下掉，「杯破了，可以換新的。但是，一定要有一個相信的心。」

十點三十分。我在餐廳。

「我相信妳可以慢慢地去接受，」我說，然後看著思淳，「我也相信妳會把妳的那把單人傘拿回來的。」

其實，我不是沒經過訓練的猛獸。我只是需要一點時間。需要一點時間讓自己相信，也讓別人相信。

我離開之前，思淳雖然還是眼眶紅紅，但是已經不再這樣悲傷。小孟的電話響了，我猜得沒錯的話，應該是阿振。因為小孟的口氣雖然還是冷冷的，但是我從神情中可以看得出來，小孟開心了。

十點四十五分，我必須趕快。我匆忙跑回寢室換了衣服，

時間已經所剩無幾。一路飛車到便利商店門口，沒有亞如，也沒有小兔。

時間是十一點十五分左右，我遲到了。天空還在下雨，雨聲嘩啦啦，我的身上穿著雨衣。

亞如給我的。

「你、又、遲、到、了！」我的背後⋯⋯

「對不起，我⋯⋯」今天的亞如，有化妝。

「怎麼？」

「妳⋯⋯嗯，小兔呢，今天怎麼沒有看到她？」

「她嗎？呵，她今天公休。」她的笑容少了一點東西，「下雨，我今天坐公車來的。」

「喔！」

「你說要給我看什麼？」

「等一下，這裡看不到。」

「什麼東西這麼神秘？」

「來，我載妳，上車。」

「等一下，你有安全帽嗎？」

「沒關係，很近，」我笑著說，「不過我還是有帶安全帽。」

「算你聰明。」

「還有⋯⋯」

我把輕便雨衣遞給亞如，雖然雨已經漸漸小了。

「穿上吧。」

「嗯。」亞如點點頭，表情不再這樣僵硬。

摩托車上，沒有說話。我的車箱裡，有極光。

「到了。」

亞如沒有說話，下了車準備脫了雨衣。

「等等，先不要脫。」

「嗯。」

「我有一些話想告訴妳。」我鼓起勇氣。

「說吧！」

「妳是不是，很喜歡極光？」

「對。」

「我想把極光送給妳。」

「你說什麼？送我極光？」

我從車箱裡面，拿出我準備的一大包東西。然後，拿起準備好的防風打火機。

「妳等我一下，等一下唷！」

我往前跑，抱著我的極光。然後不小心在路上滑了一下，不好意思的回頭看看亞如。

「笨蛋，小心一點！不然我等一下回不去！」亞如大聲說著，雨小了。

我跑到稍微空曠一點，地上比較不溼的地方，把極光放在地上，回過頭對亞如揮揮手：「等我一下！」然後，打開防風

打火機。

「碰」的一聲。

極光在天空爆炸，亞如也走到我的身邊。

「我想了好久，不知道怎麼讓妳看到極光，只好先委屈妳看一下火光。」

「好漂亮喔！」

煙火在天空炸出一朵一朵的花。這是我找了很多很多地方，好不容易找到一間傳統的小商店，拜託老闆幫我找過年賣剩下的煙火，而且是最大最大的那種。也就是「碰」一聲會讓我吃很多餐泡麵的那種。

「妳先走遠一點，我再放！」

「我也想放。」

「可是很危險……」

亞如瞪了我一眼。

「來吧！」

然後一朵接著一朵，一朵接著一朵。煙火在天空怒吼，還好天空現在不哭了。也不需要哭了。

「你幹嘛沒事叫我來放鞭炮？」

「這不是鞭炮，是煙火啦！」

「那你到底叫我來放鞭炮幹嘛？」

「這真的不是鞭炮……」

我看了亞如一眼，然後搖搖頭。

「你追到小孟了？」

「不是。」

「你中發票了？」

「也沒有。」

「你發燒了？」

「嗯……」我摸摸額頭，「好像有一點。」

「傻呼呼的。」

「對不起，沒有極光。」

「幹嘛對不起，又不是你欠我的。」

「我欠妳的沒錯。」

「你欠我什麼？」

「一句對不起。」

「幹嘛又道歉？」

「因為我那天忘記了妳在等我，讓妳等很久。」

「嗯，我已經忘了。」

「不過後來我也在床上躺了三天。」

「你活該。」

「呃……」

煙火爆炸的聲音，讓我們必須大聲的和彼此說話。

天空飄著很小很小的雨，小到幾乎感覺不到。我猜雨大概要停了吧。

　　「以後再帶妳去看眞正的極光。」在煙火爆炸聲中，我小小聲地說。

　　「你說什麼？」

　　「以後再帶妳去看眞正的極光！」

　　「你、說、什、麼！」

　　「我說，我以後再帶妳去北極，看眞正的極光！」

　　「笨蛋，極光不是北極才有。」

　　「喔，反正我會帶妳去。」

　　「我不要。」

　　「啊？」

　　煙火放完了。浪漫的連續劇也該放片尾曲了。

　　「我自己會去。」

　　「我……」

　　「你可以找小孟去。」

　　「但是我想跟妳去。」

　　「我不要。」亞如脫下雨衣，「你不是喜歡小孟嗎？跟她一起去吧。」

　　「可是我發現我更喜歡妳。」

　　「我沒教你這麼花心吧！」

　　「不，應該這麼說，」我把臉上的雨水擦了擦，「我以爲我喜歡小孟，結果我發覺，我喜歡的應該是跟妳在一起，妳幫我追求小孟，教我怎麼愛的那些時候。」

「你……」亞如看著我,「你的臉黑黑的。」

「啊?」

我走到摩托車旁看著後照鏡,發覺自己的臉上有幾條奇怪的黑色紋路。應該是剛剛放完煙火,手上沾了黑色的火藥,然後不小心摸到自己的臉。

看著亞如一直笑,自己也忍不住覺得好笑起來。她笑著,天空放晴了。就算是晚上,我也感覺得到明天會是好天氣。

「你是真的假的,誰教你說這些話的?」

「嗯……」我把臉擦一擦,「我的心告訴我的。」

「不要擦了啦,越擦越黑,傻呼呼的!」

「呵呵。」我知道,我的心。

「那你猜到我心裡想什麼我再回答你。」

「好,妳一到九選一個數字。」

「不要。」亞如說,「你直接猜答案是多少。」

「答案是,五百二十。」

「你怎麼知道?」

「我一直都知道。」我說,「我一直都知道。」

杯子滿了,也不必擔心會破了。

*****

「後來呢?」思淳問我。

「後來，我就穿著雨衣和雨鞋，變身成太空戰士，然後衝到她的面前，把銀河系第三星系的侵略者打倒，然後救了她。」

後來，思淳找我吃飯。她告訴我，她找到方法聯絡到Hobo，從那本紅色包裝紙裡面的筆記本。她試著打電話給Hobo，一開始沒有人接。

一直到一天早上很早很早，到底有多早我不知道，畢竟對現在的我而言，九點起床就已經是折磨，要我半夜一點以前在床上躺平，簡直要了我的命。

很早很早，大概是連太陽都還沒出來的時候吧。Hobo接了電話。

「我告訴他，我想去找他，」思淳說，「等放假的時候我要去找他。」

思淳一直跟我堅持她沒有哭，但是我不相信。因為思淳在告訴我這件事的時候，眼眶紅了起來。然後思淳拿出了那本筆記本。

「要給我看嗎？」

「才不要咧，」思淳把筆記本放在胸前，「一本筆記本，會讓我快樂很久。」

她告訴我，她一直不知道有一個人這樣喜歡著自己的感覺，原來是這麼好。

我知道。

「等一下要夜遊，準備一下。」晚上，阿振在寢室裡跟我說。

「夜遊？」天知道我們已經幾百年沒去夜遊了。

「沒錯，胖虎不能參加，本寢就剩下你跟我一定要參加。」

所謂的「夜遊」，就是「夜晚一到沒事做在外面亂晃到感覺空虛魂不守舍回去宿舍滿臉冒油」的一種活動。我的臉已經很久沒有冒油了，很久很久了。

我看著桌上被我攤開的金庸小說，裡面靜靜的壓著一朵百合花。只有一朵，我自己留下的。

「小孟，這個送給妳。」

「這個？」小孟端詳著，「這個是你做的壓花嗎？」

「對，是一朵百合花。」我笑著。

妳知道嗎？這朵百合花，是我們當初一起去幫思淳歌唱比賽加油那天，我留下來的。那天那束花，有十五朵，我只留下了兩朵，一朵留給自己，一朵現在在妳手上。

那個時候思淳得到第一名。大家開心地用力鼓掌，尤其是Hobo，特別興奮。而胖虎跟婉君則得到了最佳效果獎。我想這是因為他們唱完之後，胖虎一把抱起婉君走下台的關係吧。

「小孟，我有話想要告訴妳。」拿壓花給她那一天，我這麼對她說。

「你說吧。」

這種隱藏的用心是沒有辦法看見的，但是我準備了更久的

眞心總有一天可以親手送到小孟的手上。那是我用心作出來的壓花，是眞正曾經有過生命的壓花。那時候我希望，我的壓花親手送給妳的這一天，我會讓妳知道我對妳的感覺。

「小孟，妳還記得我第一次認識那一天嗎？」

「是聯誼那次嗎？」

「對。」

「記得啊！」

「那一天我忘了多帶一頂安全帽，眞的像個笨蛋一樣。」

「你現在也挺像啊！」

「嗯……」說話還眞直接。

「你應該記得那天我到便利商店去借安全帽，後來你車子被拖吊那次……」

「我記得。」小孟說，「我當然記得啊，那個女孩……」

「她就是我的鑰匙，她叫做亞如。」

後來，我要那個女孩教我什麼是「愛」。

我不知道現在我到底懂了沒有，但是我發現，其實愛一點也不難。

「小孟，我喜歡妳加ED。」

「喜歡我加ED？」

「對。」

「我哪裡加ED了？」小孟說，「還有，什麼是加ED？」

「沒有啦，就是我喜歡妳的過去式。」

「喔？」

太空戰士這次要面對的惡魔黨，來自「愛死人不償命」星球，星球爆炸之前，需要勇氣來抵抗。

「因為我發現，我要的是愛，不是同情。」我說，「也許，當圓心外面的圓，不一定是不好的。」

後來呢？

後來，我知道什麼是愛。

當幸福來臨的時候，會是我最高興的時候。但是當我找不到幸福的時候，會是我最難過的時候。

思淳跟Hobo都一樣。

然後，走過這兩種感覺時以後，就會明白什麼是愛。清清楚楚的明白。

後來呢？我離開卡通世界的保護，沒有後來。

故事還沒有結束。

我很慶幸這一點，因為我一直傻氣地相信故事永遠會繼續下去。

我跟小孟說完話之後，小孟沒有說什麼，只是笑著摸摸自己的頭髮。我好像從來沒有看過她這樣的笑容。

她一點也不意外我曾經喜歡過她。但是在她收下我的壓花之前，她不知道原來喜歡一個人是這麼傻氣的。

但，這就是愛吧！

　　對了，我忘了說，阿振後來重新追求小孟，聽說小孟沒有答應跟他交往。但是，也沒有拒絕。我告訴亞如，我已經跟小孟清楚的表達自己的感覺。

　　亞如沒有回答我。

　　後來，亞如當然沒有跟我繼續玩那個心電感應，因為我們老早就知道答案了。

　　在載她回家的路上，雨停了，煙火也放完了。可能是因為我著涼了，身體禁不住這樣的溫度，但是，亞如的淚水很燙，一下子讓我的溫度回升了。

　　「妳怎麼哭了？」我問她。

　　「我沒有哭，那是雨水。」

　　「妳幹嘛哭啊？」

　　「那是雨水啦。」

　　「妳喜歡我嗎？」

　　「不要臉。」

　　亞如說我不要臉，我暗恨自己當初問她的問題不是「我可不可以親妳」。

　　「為什麼？」亞如問我。

　　「因為不要臉，那親別的地方啊！」

　　我的耳朵跟我的頭差點因為亞如的手指頭暫時分離，但是一點也不會痛。

　　因為我有太空戰士的雨鞋，我不怕。

「少神經了。」

「亞如，妳喜歡我對不對？」

「討厭鬼！」

「妳今天有感動嗎？」我問。

「沒有。」

「啊！真的沒有？」

「對啦。」

「放煙火沒有用，那我下次放鬼火好了。」

「你白痴！」我說完，耳朵又遭受攻擊。

放煙火那一天的雨，又讓我整整翹課三天在寢室裡像個屍體一樣動彈不得。不同的是，三天裡面，亞如來看了我兩次，阿振跟胖虎簡直要拿下巴破壞地球表面一樣的表情，看著大方進男生宿舍的亞如。

記憶會提醒我們很多事情，但是因為那幾天我太過於昏沉，我只記得我不斷不斷地重複問亞如同樣一句話。

「妳是不是喜歡我？」

「少白痴了。」

「妳喜歡我對不對？」

「我的事不要你管啦。」

我新買的單人傘還放在寢室的門邊。看來，我又要買一把新的雨傘了，這次，不是買這種單人傘。

「喂，」我躺在床上，看著亞如，「我發覺，我喜歡妳。」

然後，阿振差點吐出來，胖虎拿我的雨傘丟我。

我喜歡亞如。

我記得那天，心電感應的數字是，五百二十。

520，我愛你。

我喜歡妳，像下雨天必須撐傘穿雨衣一樣，
無庸置疑。

*****

雨後不一定完全是晴朗的好天氣，但是只要一點點的陽光，也許就會出現那一道彩虹。這道彩虹，沒有紅、橙、黃、綠、藍、靛、紫七種顏色，但是有一種甜甜的粉紅色，加上小兔身上的白色。

思淳真的去嘉義找了Hobo，還拍了不少照片回來。照片裡的Hobo看起來一樣的猥瑣，但是不一樣的是多了點離開前沒有的笑容。蕭媽媽的狀況雖然不是頂好，但是已經沒有什麼大礙。聽說是因為操勞過度胃出血。

Hobo打了一通電話給我，告訴我他很開心，非常非常開心。當他到車站去接思淳的時候，感覺像要飛到天上去一樣。但是這次他顯然沒有撞到一台噴射機，然後掉到地上來，更沒有掉在一坨狗屎上面。

「愛情還是現實的嗎？」我在電話裡頭笑著問Hobo。

「還是啊！」Hobo的笑聲可以找到幸福，「我註定會是流川楓，哈哈哈……」

我看Hobo比較像羊癲瘋。

他告訴我，他決定等到蕭媽媽的身體好一點，會回來學校復學。

「因為，我相信蕭媽媽一定會健康，我也相信，我可以陪在我最愛的人身邊。」

相信的心，會變成力量。

我還是傻氣的這麼堅定地相信著。

胖虎從認識婉君之後，就咬著不放，我很擔心婉君身上的咬痕會不會造成她終生不可抹滅的污點。不必懷疑，我這麼說完，馬上見識到一人阿魯巴的功力。胖虎一個人就把我抓起來，對著寢室床的柱子「阿」了很久。

「猛爆鐵拳鬼見仇」學長說得很對，「輸了比賽，至少我們贏得自己的驕傲和滿身男人的汗水」。

我輸了面對胖虎的決鬥，但是我贏得的是整個寢室的溫暖，還有紅腫的大腿。

阿振跟小孟的狀況，讓我想到芥川龍之介的「羅生門」。沒有人知道他們到底是一對戀人，還是普通的朋友，因為阿振最近常常在寢室裡面靠腰著一首歌，陶吉吉的「普通朋友」。

但是我知道，那個圓已經開始在變形，慢慢地，這個圓的

圓心不再是那麼絕對的孤單。因為，喜歡一個人是傻氣的。

小孟知道，單人傘下面的天空還是一樣的小，硬擠進這樣小小的範圍，總會淋濕身體的某個部分，不管是肩膀也好，頭髮也好，鞋子也好，或者是那顆心。

我買了一把新的傘，現在躺在寢室門邊。

亞如決定考二專，然後實現當個大學生的夢想。

「我想考進你們學校。」

「嗯……不好喔！」

「什麼意思啊你！」

我的耳朵抵抗力越來越好。全部都是託亞如的福。

「不是啦，我的意思是說不好考啦！要加油。」

「哼，你不要以為我不知道你在想什麼。」

我的耳朵，很希望每天都會有這種甜蜜的折磨。越多越好。越多越好，一直到，看不見單人傘外面的天空為止。

然後，天空開始放晴，我們傻氣地堅持，

相信的心，會是我們的力量。

單人傘下的咒語：「我愛你。」你呢？

國家圖書館出版品預行編目資料

別讓我一個人撐傘／敷米漿著. -- 二版. --
臺北市：麥田, 城邦文化出版：家庭傳媒
城邦分公司發行, 2008.12
　　面；　公分. --（電小說；8）

ISBN 978-986-173-456-9（平裝）

857.7　　　　　　　　　　　　97022716

電小說　8

別讓我一個人撐傘

作　　　者／敷米漿
選　書　人／陳蕙慧、林秀梅
責任編輯／林怡君

副總編輯／林秀梅
總　經　理／陳逸瑛
編輯總監／劉麗眞
發　行　人／涂玉雲
出　　　版／麥田出版
　　　　　　城邦文化事業股份有限公司
　　　　　　台北市104民生東路二段141號5樓
　　　　　　電話：(02)25007696　傳眞：(02)25001966
　　　　　　部落格：http://blog.pixnet.net/ryefield
發　　　行／英屬蓋曼群島商家庭傳媒股份有限公司城邦分公司
　　　　　　台北市民生東路二段141號2樓
　　　　　　書虫客服務專線：02-25007718・02-25007719
　　　　　　24小時傳眞服務：02-25001990・02-25001991
　　　　　　服務時間：週一至週五09:30-12:00・13:30-17:00
　　　　　　郵撥帳號：19863813　戶名：書虫股份有限公司
　　　　　　讀者服務信箱E-mail：service@readingclub.com.tw
　　　　　　歡迎光臨城邦讀書花園　網址：www.cite.com.tw
　　　　　　香港發行所／城邦（香港）出版集團有限公司
　　　　　　香港灣仔駱克道193號東超商業中心1樓
　　　　　　電話：(852) 25086231　　傳眞：(852) 25789337
　　　　　　E-mail：hkcite@biznetvigator.com
　　　　　　馬新發行所／城邦（馬新）出版集團【Cite(M)Sdn. Bhd.(458372U)】
　　　　　　11, Jalan 30D/146, Desa Tasik,
　　　　　　Sungai Besi, 57000 Kuala Lumpur, Malaysia.
　　　　　　電話：(603) 90563833　　傳眞：(603) 90562833

封面設計／江孟達工作室
攝　　　影／呂瑋城、林怡君
印　　　刷／鴻友印前數位整合股份有限公司

■2008年（民97）12月09日　二版一刷　　　　　　　　Printed in Taiwan.
■2011年（民100）6月22日　二版四刷
定價／240元

城邦讀書花園
www.cite.com.tw
書店網址：www.cite.com.tw